WALLACE STEVENS

观察一只黑鸫的十三种方式

〔美〕史蒂文斯　　　　　　　　　　　　　　　　著

罗池　　　　　　　　　　　　　　　　　　　译

人民文学出版社
PEOPLE'S LITERATURE PUBLISHING HOUSE

图书在版编目(CIP)数据

观察一只黑鹂的十三种方式/(美)史蒂文斯著;罗池译.
—北京:人民文学出版社,2017(2025.1重印)
(巴别塔诗典)
ISBN 978-7-02-012766-5

Ⅰ.①观… Ⅱ.①史… ②罗… Ⅲ.①诗集-美国-
现代 Ⅳ.①I712.25

中国版本图书馆 CIP 数据核字(2017)第 101040 号

责任编辑 卜艳冰 何炜宏
装帧设计 高静芳

出版发行 人民文学出版社
社　　址 北京市朝内大街 166 号
邮　　编 100705

印　　刷 凸版艺彩(东莞)印刷有限公司
经　　销 全国新华书店等

字　　数 140 千字
开　　本 889 毫米×1194 毫米 1/32
印　　张 11.5
插　　页 5
版　　次 2018 年 11 月北京第 1 版
印　　次 2025 年 1 月第 2 次印刷

书　　号 978-7-02-012766-5
定　　价 79.00 元

如有印装质量问题,请与本社图书销售中心调换。电话:010－65233595

目录

风琴（1923）   _1

秩序的观念（1936） _87

蓝色吉他手（1937） _105

一个世界的组件（1942） _151

晚期诗（1950—1955） _343

风　琴

（1923）

土俗逸话

每当鹿群踢踏踢踏

越过俄克拉荷马 ①

一头火猫龇牙拦在路上。

不管去哪里，

它们都踢踏踢踏，

除非它们转弯

划着轻巧的弧线

向右，

躲开那头火猫。

或除非它们又转弯

划着轻巧的弧线

_____

① 俄克拉荷马（Oklahoma），位于美国中南部内陆的农牧业地区，印第安
语本义：红种人（的土地）。

_4

向左，
躲开那头火猫。

鹿群踢踏踢踏。
火猫跳腾跳腾，
向右，向左，
然后
龇牙挡在路上。

后来，火猫闭上他的亮眼睛
睡觉。

斥天鹅书

笨鹅啊，且看灵魂高飞在园林上 ①
更远在那风吹的不谐和之上。②

一场铜雨从太阳降下，标志着 ③
夏季之死，而时间仍在持续 ④

如某人在涂写一份兴味索然的遗嘱

---

① 除标题外，诗中把天鹅（swans）称为家鹅（ganders），以示反讽。
② 灵魂高于整饬优雅的园林，更高于不谐和。不谐和（discords），亦即谐和（accords）的对立面。而风琴（harmonium、accordion）是和谐体。
③ 铜雨（bronze rain），参见古希腊神话，宙斯化作"金雨"潜入囚禁公主的铜窟使达娜厄怀孕，生下英雄帕修斯。青铜比黄金要更低一级。
④ 夏季结束，天鹅南飞，但时间不死，它需要忍受永生的折磨。在古希腊神话中，曙光女神伊奥斯爱上了凡间的特洛伊王子、诗人提佗诺斯，并赐给他永生，但却忘了赋予他青春永驻，结果提佗诺斯日渐衰老不堪，欲求速死而不能，最后变成一只永生的蝉或蟋蟀，不断吟唱自己的苦楚。参见丁尼生诗《提佗诺斯》（*Tithonus*，1859）名句：林木腐朽，林木腐朽便倒落，水汽向大地涕泪，耕民生生死死，经过太多的夏，连天鹅也死去（1-4）。

_6

以金巧的花笔和帕弗式夸讽 ①，

将你们的白色羽毛传承给月亮
又将你们的温吞动作赐予空气。②

看吧，在那些游行的长队上
群鸦已用屎尿给圣像们敷油。③

哦笨鹅，且看灵魂孤独地高飞
在你们冰冷的车驾之上，向着诸天。④

———————

① 金巧的花笔（golden quirks）可理解成：华丽的草书、堂皇的遁辞等；
另参见古希腊神话的"祸乱之金苹果"（golden apple of discord）：特洛
伊王子帕里斯将表示最美女神的金苹果判给爱神阿佛洛狄忒，换得斯巴
达美人海伦为妻，由此引发战乱；而海伦正是宙斯化作"天鹅之身"与
凡人丽达所生的女儿。帕弗式夸讽（Paphian caricatures），指爱情讽刺；
塞浦路斯古城帕弗（Paphos）是爱神阿佛洛狄忒的圣地，常暗指淫欲、
妓院等；夸讽（caricature）本义指车辆负载过重，引申为夸大嘲讽，后
特指漫画人像；传说中天鹅为爱神拖拽她的车驾，便是一个帕弗式夸讽
/漫画：天鹅的文化负载已经超重了，无法高飞。
② 按常理，天鹅之美是大自然的造化，诗中则反过来说。参见莎士比亚
诗：大自然的馈赠从不赐予而只是租赁（Sonn.4）。
③ 基督教传统的敷油/受膏礼有祝圣、封王、送终等不同用意，如"基
督"意即受膏者。"The crows anoint"（群鸦敷油）音近"crown on it"
（戴上冠冕）。参见《新约》：罗马士兵用荆棘编作冠冕戴在耶稣头上来
戏弄他的"犹太王"称号（太27:29、约19:2）。
④ 亦即，灵魂不像天鹅要给神灵拖车劳作，是自由的。

在卡罗来纳

丁香花凋谢在卡罗来纳。①

已有蝴蝶在小屋上扑翅。

已有新生的孩子们阐释爱情

以母亲的腔调。

永恒母亲啊，②

你的肉冻奶头竟何以 ③

流出了糖汁？

---

① 参见惠特曼长诗《曾忆丁香满庭时》(*When Lilacs Last in the Dooryard
Bloom'd*, 1865)，诗中以母亲园中的丁香花起兴，悼念林肯及内战
死者。

② 参见惠特曼《曾忆丁香满庭时》中的"死亡颂"（大意）：在阴沉的
松林，灰雀鸣啭，为死亡之母欢歌赞颂，（§14）。另，卡罗来纳
（Carolinas）音近 choraules、carol（欢歌、赞颂）。

③ 肉冻（aspic），也指一种埃及蝰蛇（asp），另音近 asper（粗砺、苦涩），
与甜蜜相对，史蒂文斯在后来的诗中有："生活是一块苦肉冻"（《恶之
美学》第 11 章）。相传埃及艳后克娄帕特拉兵败后以蛇咬胸部自尽，子
女被押至罗马游街受辱。参见莎剧《安东尼和克娄帕特拉》，屋大维
手下检查她的尸体时说：看她的乳房，这里流血了，这是毒蛇的痕迹
（Ant.V.2）。

是青松甜蜜我的身体。①
是白色的鸢尾让我美丽。

———————————

① 青松（pine），同形词也指苦念、渴望；音近 pain（痛苦），据说埃及艳
后自尽时所用的毒蛇令人死而无痛（pain-free）。原文最后二行为斜体，
用意不详。

卑微裸女的春航 ①

并不踏着贝壳，她起程，
依循古风，出海。②
乘着最初见的水草 ③
她飞掠粼粼波光，④
无声无息，如另一层浪。

她也同样有不满，

———————

① 卑微（paltry），本义破布烂衫，引申为琐屑鄙贱，又音近 peltry（生毛皮、皮货），与艺术化的 nude（裸女）产生紧张。
② 古风（Archaic），指古希腊史的一个分期概念，上承英雄时期，下启古典时期。希腊罗马神话中一般说，爱神从海沫中诞生后踏着扇贝驶向陆地，如波提切利《维纳斯的诞生》所绘，但古风时期的赫西俄德《神谱》并未提及贝壳，可能是后世衍生，因而"卑微春航"可理解为始创，或原型（archetype）。
③ 参见赫西俄德《工作与时日》：人也可以春季出海，在第一眼看见嫩叶初生的时候，是为春航，但这时风波不定，无知者要钱不要命才去冒险（678—685）。
④ 飞掠（scuds），常形容风吹浪花水沫的样子；同形词意为：刷洗，比如刮除生皮革上的残毛污物等以便进一步加工。

而且会有紫色材料挂上她的胳膊，①

厌倦了那些盐腥的港口，②

渴望那苦涩和咆哮的

大海的深远内在。

风吹动她，

扑打她的双手

和湿淋淋的脊背。

她拨动云层，一路前行

在她那横渡大海的环游之中。

但这是一出贫乏的戏，③

------

① 紫色材料（purple stuff），可能指织物或染料（dyestuff），或紫菜（porphyra）。西方传统上奉为高贵神圣的紫色染品是用某些海螺粘浆熬制成的"推罗紫"（Tyrian purple），其色牢固，渗入染工双手和胳膊皮肤难以去除。另，紫菜又名：laver，同形词意为：清洗、洗具、洗礼盆，洗涤之物即抹布；爱尔兰/苏格兰语中紫菜名：sleabhac、slake，同形词意为：充饥、满足、宽慰，回应上一行的不满。

② 以推罗城（Tyre，泰尔、苏尔）为中心的古代航海贸易文明被称为腓尼基（Phoenicia），在希腊语中亦即"紫"（φοῖνιξ，phoinix）。推罗紫有恶臭难除，罗马时期学者斯特拉波说：绝美的紫品创造了财富，但熬染工场恶臭熏天，令城市"不宜人居"（地理16.2.23）。另参见《旧约》：全然美丽的推罗港必将毁灭（赛23、结26–28）。

③ 戏剧（play）又指玩游戏，同game，此处可引申为：贫乏的猎获（game）。参见拜伦诗剧《畸形变》（The Deformed Transformed，1824）中陌生人嘲笑驼子：林中猎人只捕猛兽，把琐细的猎物（paltry game）留给小市民作为卑微的战利品（I.1.128）。

在奔忙和水光中 ①

她的脚跟泛沫——

不像另一位更金贵的裸女

在后来的某日 ②

也将前行，仿佛碧海盛景的中心，

在一种更激烈的平静中， ③

命运的洗衣妇啊， ④

横过新崭崭的激流，不停不歇， ⑤

向着她不可挽回的路。 ⑥

---

① 奔忙（scurry），音近 scullery（洗碗池）、scour（刷洗），诗中不断暗示
这位女主角是一个仆妇。

② 比如春天之后是夏天，古风希腊古风时期之后的古典时期，或比意大利
文艺复兴更繁荣的未来美国新文化的兴盛。

③ 平静（calm），在海洋气象上，较常见的平静是无风带（calm belt），而
更剧烈的平静是暴风眼（calm eye）。

④ 洗衣妇（scullion），洗碗工、贱仆，常是骂人的脏话，如莎剧中哈姆雷
特曾以此自责无能愚蠢（Hml.II.2.616），诗中可理解为：命定的贱婢子。

⑤ 新崭崭（spick），常指家什衣物等洁净崭新（spick and span new）；同形
词指肥油脂肪，可制作肥皂；又，美国俚语 spick、spic 指拉美人，近
代墨西哥、加勒比海地区仍有捕螺熬紫的手工业，20世纪初哈佛博物
馆曾进行过研究。

⑥ 不可挽回者主要与时间有关，参见莎士比亚长诗《鲁克丽丝受辱记》：
既然时间不能倒流去阻止已发生的风暴船难，贞烈女诅咒奸徒在将来
有时间去永远遭灾受罪，因为时间是"永恒手下的不停不歇的贱仆"
（Lucr. 965–970），然后她要做自己命运的主人，用清泉、鲜血和死亡去
洗刷耻辱（1069–1078）。

玛琳娜公主 ①

她的地台是沙
以及棕榈和黄昏。

她以手腕的动作做出
她的思想的
种种壮丽姿态。

这傍晚的造物
用她翎羽的涟漪 ②
化作船帆的诸般巧技

---

① 原题为西班牙文。公主（Infanta）源自拉丁词根 infans，本义：不会说
话的、婴儿；玛琳娜（Marina）本义：海、航海、海港。参见莎剧《推
罗亲王佩利克勒斯》，落难亲王将新生的女儿托付给朋友抚养时说：我
亲爱的孩子玛琳娜，她生在大海上，所以我给她取这个名字，在此我请
求你们的仁慈，将这婴儿托给你们抚育，万望你们给予她公主的教养，
那是她生来应有的样子（Per.III.3）。

② 涟漪（rumpling），也可理解为羽毛凌乱，参见华盛顿·欧文童话《鸡窝
编年史》（*Chronicles of Wolfert's Roost*，1855）：鸡窝女英雄战败后仅仅
羽毛一乱就逃脱了。另，翎羽（plume）常喻翎笔、文笔。

去漂洋过海。

就这样，她遨游
在她的扇子的遨游之中，①

伴着大海
以及这傍晚，
随它们四处飘流
并吐露它们渐渐平息的声响。

---

① 扇子（fan），近拉丁语 fans（说话、话语）。公主（Infanta）不会说话
（in-fans），只有羽扇。

黑的主宰 ①

在夜里，炉火旁，

树丛的颜色

和落叶的颜色，

重复着它们自身，

翻转在屋里，

就像那些落叶本身

翻转在风里。

是啊：但阴沉的铁杉的颜色 ②

大步闯进来。

于是我想起那些孔雀的啼叫。③

───────────

① 主宰（domination），在国际象棋中指黑方"制住"白方某棋子，使其虽仍有路走，但每条路都难逃一死。

② 铁杉（hemlock），诗中主要指北美常见松科常绿乔木（tsuga），也包括文学史上有名的毒芹、毒参（conium maculatum），伞形科草类，叶为羽状，有剧毒，古希腊时用作死刑药剂，据信苏格拉底服毒芹汁而死，哈姆雷特的父王被毒芹汁滴入耳朵而死。

③ 孔雀啼声凄厉，有点像婴儿哭；孔雀长羽略似铁杉／毒参的枝叶。在古印度、波斯，孔雀是皇权的象征，印度第一个统一的大帝国称孔雀王朝（Maurya），莫卧儿帝国有孔雀宝座，但这些古国在近代均已沦落。

它们的长尾的各种颜色

也正像那些落叶本身

翻转在风里，

在黄昏的风里。

它们扫荡这间屋子，

正如它们飞扬着从铁杉的枝干

落到地面上。

我听见它们的啼叫——那些孔雀。

这啼叫是否在对抗着黄昏

或是对抗那些落叶本身，它们

翻转在风里，

翻转如灯焰

翻转在火里，

翻转如那些孔雀的长尾

翻转在喧嚣的火里，

喧嚣如铁杉

充斥着那些孔雀的啼叫？

抑或这啼叫是在对抗那些铁杉？①

———————

① 或作为毒芹的解药（antidotes against hemlock）。

在窗外，

我看到行星是怎样聚拢，

就像那些落叶本身

翻转在风里。

我看到夜晚怎样来临，

大步闯进来就像那些阴沉的铁杉的颜色。

我感到恐惧。

于是我想起那些孔雀的啼叫。

雪中人

人要有冬的思想
才能观看白霜以及松树
枝干上包裹的雪皮；

要被冷上很长时间
才能目睹刺柏冰晶蓬乱，
云杉遒劲于远远闪烁的

一月阳光；而不去遐想
什么苦难会出现在风声里，①
在几片落叶的窸窣声里，

那只是大地的声音
充盈于同样的风

———————

① 亦即，不用人道的悲情去揣测大自然。

并吹送到同样光秃的地方，

让这位倾听者，在雪中倾听，
然而，又全无自我，他只目睹着
那雪中不在的无和存在的无。

蒙眼障的懵姨丈 ①

1

"天上母后，云端女王，②

哦，日的权杖，月的冠冕，③

世上从没有，从无，绝无他物

像两个最伤人的词的铿锵利刃。"④

我如此戏谑她，以宏壮的尺度。

抑或我戏谑的其实是自己？

---

① 诗题原文"Le Monocle de Mon Oncle"是一个法语绕口令，意为：我伯
父的单眼镜。戏仿17世纪意大利修辞学家泰绍罗的著作《亚里士多德
的单筒望远镜》（Emanuele Tesauro, *Il Cannocchiale Aristotelico*, 1654），
伽利略用望远镜颠覆了地心说，而泰绍罗要给亚里士多德一只望远镜，
重写诗学，用隐喻巧思（concetti）的神奇装置来开创超凡离俗的新文学
语言。

② 戏拟基督教传统圣咏中圣母马利亚的尊号。

③ 参见《新约》：天上现出大异象，有一个妇人身披太阳，脚踏月亮，头
戴十二星的冠冕（启12：1）。

④ 词语（words）比作刀剑（swords），或词语取代了刀剑。类比即两个词
语的碰撞，其中的相似或相异不是事物的自然属性，而是人工巧思的施
加，是一种暴力。

我但愿做一块能思的石。①

喷沫的思想之海又一次夹塞②

她曾经的那颗光灿水泡。随后③

一股深深的上涌从某处更咸的苦井，

在我体内，爆发它水汪汪的音节。④

2

一只红色的鸟儿飞过金色的地板。

这是一只红色的鸟儿在寻觅他的合唱团，⑤

从风风、雨雨和翼翼的那些合唱当中。

只要有所发现，一道洪流便从他身上倾落。

我是否应给这团皱巴巴的东西除皱？⑥

---

① 参见斯宾诺莎：空中的一块飞石若有思想，会相信它是自由的，是因为自己的意志而飞动（Letter 62.58, to Schaller, Oct. 1674）。但石头的宿命是先定的，我们最多只能知道我们已被先定、为什么会这样，不能拒绝、只能接受并理解，与必然达成一致，才有相对自由。另，斯宾诺莎以磨镜片为生，并提倡一元论，亦即单筒镜的制造者。

② 夹塞（foists up），如骗售假货等，参见莎士比亚诗：我们生命短暂，所以轻信了时间给我们夹塞的旧货，误以为那是出自我们的欲求（Sonn.123）。

③ 爱神生于海沫，但那已是多年前的旧货。

④ 水汪汪的音节（watery syllable），出自 17 世纪英国诗人赫里克《滴水钟》（Robert Herrick, *The Houre-glasse*）：水钟如恋人涕泪，滴滴答答讲述着，以水汪汪的音节，至死不休。

⑤ 合唱团（choir），法语同形词意为：落下，参见本章第 4 行"倾落"（fall）。

⑥ 除皱（uncrumple），暗指 explicate（把折叠者展开，阐明）。

我是一个富翁正向继承人致意；

既然春天来临我也向它致意。

这些欢迎大合唱为我合唱告别曲。

任何春天都无法追上往日巅峰。①

然而你却固守着逸闻中的福佑

来假扮一种星光璀璨的"知"。

3

难道毫无缘由，从前，中国老者

衣冠楚楚地坐傍山间池畔

或在扬子江上研究他们的胡须？

我不该演奏降调的历史音阶。

你知道喜多川歌麿的美人怎样寻觅

爱的端底，凭她们善解语的长辫。

你知道巴斯的那些高山式发髻。②

啊！难道所有的剃头匠都白活了

竟没有一缕天然的卷发能保存？

为何，毫不垂怜这些勤勉的幽魂，

---

① 我步入中年，小鸟已提前为我送行，即便春天也不能让我恢复青春。
② 巴斯（Bath）是英格兰著名的温泉胜地。

你要从梦中披头散发而来?

4

这诱人而无罪的生命果实
掉落，似乎只因它自身的重量而坠地。
如果你是夏娃，它辛辣的汁液就是甜的，
高挂在天国的树园，未经人品尝。
一颗苹果可以像任何骷髅头
充当书本让人一圈圈阅读，①
而且跟骷髅一样优秀，都构成于
那些渐渐腐烂归于尘土的东西。
但它最擅长的还是作为爱的果实，
作为一本书则太疯狂让人难以卒读
除非你读它只为消磨时间。

5

在西天高高燃烧着一颗炽烈的星。②

---

① 在西方美术和文学史上，骷髅头形象经常用来象征凡人必死 (memento
mori)、凡事虚空 (omnia vanitas)，一些名画上主人公手边就是一个骷
髅头，或者放在图书旁。
② 西边天空的明星一般指金星，在欧美以爱神维纳斯 (Venus) 命名。

正是为了激昂的少年这颗星才设下，
也为了他们身旁气息甜美的处女。
爱情强度的测量单位
也恰是大地活力的测量单位。
对于我，萤火虫的灵光电闪
是在熬人地嘀嗒着一年年的时间。
你呢？要记得蟋蟀是怎样跳出
它们的草丛妈妈，就像小亲戚，
在迷蒙夜色中，当时你的最初形象
才略微得知了你与一切尘土之物的联结。

6

如果男人年过四十还去画湖
必定会将那些朝生暮死的蓝融为一体，
基底的板岩，笼罩的天色。
有一种物质在我们身上兴盛。
但在我们的情爱里情爱家们鉴识着
跌宕起伏，他们的妙笔
屏息恭候着每一处诡谲的转折。
等到情爱家头秃顶谢，情爱也退缩，
进入内省性流亡的

罗经和课程，继续讲学。
它的主题只研究海辛托斯。①

7

那些骡子驮着天使们缓缓行过
烈火关隘，从日外之遥而来。
他们铃声叮当的降世开始了。
这些骡夫对路径大有讲究。
与此同时，百夫长们爆笑着
在桌板上敲打他们尖啸的锡杯。
简而言之，这个寓言的要义在于：
天国之蜜可能来也可能不来，
但凡尘之蜜却一时间来了又去。
假如这些使者的行队携来
一位因芳华永驻而增色的美人。

8

像愚钝的学究，我在爱情里目睹

————————

① 在古希腊神话中，美少年海辛托斯（Hyacinth）被爱人阿波罗误杀，他的血化作蓝色的风信子。

一副古老面孔触到了一个新思维。

它发芽，它开花，它结出它的果实然后枯死。

这个庸俗譬喻揭示了一条真理之路。

我们的花朵凋谢了。我们成为其果实。

两枚金葫芦在我们的藤上鼓得满满，

我们悬挂着，像疣皮南瓜，有条棱辐纹，

一旦进入秋季，溅染了霜斑，

扭曲于矍铄的肥胖，变形为丑怪。

天空就会笑哈哈地看到我们这两个

被摧腐的冬雨淘洗的空壳。

9

在诗中因动而狂，一片嚣响，①

高鸣着嘶吼、撞击，又快又准

正如那要命的思想说男人应在斗争中

成就他们的古怪宿命，来吧，颂扬

四十岁的信仰，丘比特的守护人啊。

最可敬的心，最放荡的狂想

对你的广博而言也不算太放荡。

① 参见本诗第1章：词语如刀剑攻杀碰撞。

我笑问所有声响、所有观念、所有的一切，

何为圣骑士们的音乐和风范，①

好叫祭礼恰如其分。到哪里我才能寻得

壮曲华章来配合这部堂皇的赞歌？

10

耽于幻想的纨绔子们在诗中只留下

有关神秘滔滔的纪念册，

自发地浇灌他们粗砺的砂壤。②

我本一介乡民，与同侪一般。③

我不懂什么神木、香枝，

什么银赤的、金朱的仙果。

但我还是知道有一种树结着

与我头脑之物相似的东西。

它巍巍高矗，有一枝顶立的树梢，

所有的鸟儿都会应时前来栖息。

---

① 圣骑士（the paladins），关于帕拉丁骑士的文艺经典有武功歌《罗兰之歌》和韩德尔的歌剧《奥兰多》等。

② 参见华兹华斯名言：诗歌是强烈情感的自发流溢，它源于平静后忆起的情绪（*Preface to Lyrical Ballads*，1800）。

③ 乡民（yeoman），也指文书官，参见莎剧《哈姆雷特》：我曾以为文辞精美其实卑贱，并努力忘却这门技艺，但没想到小文书派上了大用场（Hml.V.2.33—36）。

但当鸟儿飞走，树梢仍是顶立的树梢。

11

如果性就是一切，那每一只哆嗦的手
都能让我们咿呀呀，像玩偶，说出渴求。
但须知，命运会做出昧着良心的背叛，
让我们都哭啊、笑啊、嘟啊、嚷啊，并吼出
凄凉的豪言，从癫狂或喜悦中
扭捏各种姿势，毫不顾及
第一位的、首要的律法。忧闷时段！
昨晚，我们坐傍一池石竹，
以百合剪饬，掠过亮铬，
渴望着点点星光，却有只蛤蟆
呱响他的肚皮那可憎的声弦。

12

这是一只蓝鸽，盘旋在蓝色的天空，
翅翼横斜，绕了一圈又一圈。
这是一只白鸽，扑翅落向地面，
厌倦了飞行。像一个黑衣的拉比，我

年轻时观察过人类的天性，
高尚学科。每一天，我都发现
人不过是我的肉馅世界里的碎块。
像一个玫红的拉比，我后来追寻过，
并仍在追寻，爱的缘由和经历，
但直到此刻我才明白
那些扑翅之物竟有如此明晰的阴影。

一位元老的隐喻诗 ①

二十个人过一条桥，

进一座村，

是二十个人过二十条桥，

进二十座村，

或一个人

过一条桥进一座村。

这是老歌

它不会宣告自己……②

---

① 元老（Magnifico），原指威尼斯议会的贵族元老，本义：伟大、夸大。
参见莎剧《奥赛罗：威尼斯的摩尔将军》中坏人伊阿古说：这位元老备
受拥戴，他的言论大有影响，比公爵还要强一倍（Oth.12.12—14）；意
即语言力量并不来自内容和雄辩术（如隐喻），而是来自说话人的地位
和拥趸。另参见塔西陀名言：一切未知都会被夸张／颂扬。

② 不宣告（will not declare），意即事物只是显现以表明（manifest）自己的
存在，而不会用语言来郑重声明，不夸大颂扬（magnifico）；但在诗歌
中，有多少人有多少桥的事实却完全依赖读者对语言的理解。泰绍罗认
为，一切语言表现都是隐喻，是人工巧智的构造，并不直接表现事物，
也不是对真实的发现，而是文雅的谬误（argomenti urbanamente fallaci）。

二十个人过一条桥，

进一座村，

就是

二十个人过一条桥

进一座村。①

它不会宣告自己

但肯定有它的意义……②

那些人的皮靴蹬蹬

踏在那条桥面上。

那座村子的第一道白墙

从果树林中浮现。

我方才想到什么来着？

就此，意义逃遁。

那村子的第一道白墙……

那果树林……

————————————

① 这一段是同义反复的隐喻，如莎剧《奥赛罗》中：Put out the light, and then put out the light（熄了这灯便灭了那光，Oth.V.1.7）。

② 意义（meaning）不一定要用语言表达，参见莎剧《奥赛罗》中奥赛罗对伊阿古的回答：我的贡献将驳倒他的控告，若吹嘘是荣耀，我早宣扬了，我的人格将为我表明（Oth.I.2）。

礼拜天的耕作

白公鸡的尾巴
摇荡在风里。
吐绶鸡的尾巴
闪耀在阳光里。

水在田里泡。
风往地下灌。
雄羽烈烈
在风里咆哮。

雷慕斯，吹响号角吧！①
我耕作在礼拜天，
耕作在北美洲。

———————

① 雷慕斯（Remus），指美国作家哈里斯（Joel Chandler Harris，1848—1908）兔子兄弟系列童话中的讲述者、种植园黑奴雷慕斯大叔（Uncle Remus），参见本集中《长耳兔》一诗。

吹响号角吧！

嗒—嘀—嗒，
嘀—嗒—嗒—嗒！
吐绶鸡的尾巴
伸向太阳。

白公鸡的尾巴
流往月亮。
水在田里泡。
风往地下灌。

佛罗里达韵事

荧荧烁烁的航船
在棕榈海滩,

扬帆驶入天堂,
驶入雪花石
和夜的蓝。

水沫与云朵成一体。
热辣辣的月妖们
正在消融。

填满你漆黑的船身吧,
以皎洁的月光。

永远不会有一个尽头
来停止这浪潮的嗡鸣。

另一个哭泣的女人

倾泻你的不幸吧，
从过于痛苦的内心，
它的悲伤不会酿成甜蜜。

这团黑暗只生长毒药。
正是在那泪湖中
它的黑花挺立。

生命的宏图伟业——
想象力，这个想象世界中的
一大现实——

把你抛弃
给他，因为他不为奇思所动，
而你已伤透于一个死亡。

长耳兔

一大早，
长耳兔便在阿肯绍放歌。①
他一边旋转一边欢唱
在伶俐的沙洲。

老黑头说，
"奶奶啊，
快帮我把这只秃鹫
钩在你的裹尸布上，
别忘了冬天过后
他的脖子会歪扭。"

老黑头说，

———————————

① 阿肯绍（the Arkansaw），泛指美国阿肯色州和俄克拉荷马州一带阿肯色
河（Arkansas）流域地区，当地口音读作"阿肯绍"。

"看呀，欢唱者，
秃鹫的肠肚
真带劲。"

山中烛

我的蜡烛在无边的山中独自燃烧。
那巨夜的光都汇拢在它之上，
直到风来吹灭。
那巨夜的光
汇拢在它的影像之上，
直到风来吹灭。

致一位高调门的基督教老太

诗歌是最高的虚构，夫人。

遵循道德法度并以之构成中殿①

然后从这中殿建起阴森天堂。因而，

良心也被改换为棕榈，

就像风吹响的弦琴都渴求圣歌。②

我们在原则上一致。当然。但还要遵循

与之对立的法度并构成柱廊，③

然后沿这柱廊投映一场假面剧

于行星之外。因而，我们的下流话，

未昭雪于碑文，但终有宽免，

也同等地被改换为棕榈，

---

① 中殿（nave）特指教堂的正厅，喻诺亚方舟。

② 参见《旧约》：全地都要向耶和华欢乐，要用琴歌颂耶和华，用琴和诗歌的声音歌颂他（诗 98：5）。

③ 与道德相对的法度，亦即情欲之类。列柱廊（peristyle）围绕中庭花园，是古希腊、罗马的建筑样式，基督教建筑较少采用。

缭绕如萨克斯管。棕榈对棕榈，①

夫人，我们就是我们的起源。所以，

在这行星舞台，才会有

你那些愤愤不平的自笞狂，饱食终日

拍打着醋醉的肚皮一路招摇，

标榜这些新颖别致的崇高，

这些叮叮当当和咚啊咚咚，

但愿，只是但愿，夫人，他们自我鞭打

只是宇宙中一场欢闹的喧哗。

这会让寡妇们畏缩。但那些虚构之物

随心所欲地眨巴眼。寡妇们越畏缩越是眨巴眼。②

---

① 耶路撒冷的神圣棕榈与佛罗里达的世俗棕榈相对立、互换。
② 眨眼（wink），指星星闪烁、打盹、抛媚眼等。参见莎士比亚：最是眨眼时，我看得最清，因为在白天熟视无睹，唯有在梦中，我的双目像闪亮的夜星，把你看得分明（Sonn.43）。

春前的抑郁

雄鸡报晓
但没有女王起身。

我的美人
金发闪闪，
像奶牛的口沫
迎风抽丝。

呼！呼！

但叽叽哩叽
唤不来噜咕，
唤不来噜咕咕。①

————————

① 噜咕咕（rou-cou-cou），音近 Rococo（洛可可风格）。

但没有女王前来

穿着绿色舞鞋。

冰淇淋大帝

去叫那个做大雪茄的卷烟匠，

肌肉发达的那个，吩咐他打匀

厨房那些杯子里淫荡的奶糊。

让小娘儿们穿着这种衣服晃悠，

像她们平时穿的那样，让小伙子们

用上个月的报纸包了鲜花送来。

让真实成为仿佛的终曲。①

唯一的皇帝就是冰淇淋大帝。②

去那个松木的梳妆台，

缺三只玻璃把手的，取张床单来，

她以前绣了扇尾鸽的那张，

----

① 参见拉丁文箴言 esse quam videri：要真是而非看似，求真务实不装模
作样。

② 参见莎剧《哈姆雷特》：尸体在用餐，但不是他在吃而是他被吃，一
群精明的蛆虫正开大会来吃他呢，蛆虫是所有宴席 / 议会的唯一皇帝
（Hml.4.3）。

然后铺开就这样盖好她的脸。
如果她硬腿子顶出来，那就是
表明她有多冰冷，和愚蠢。
给灯盏附上它的光柱。
唯一的皇帝就是冰淇淋大帝。

十点惊梦

这些屋子出没着

白色睡袍的幢幢人影。①

没有一件绿色的,

或紫色配绿圈圈的,

或绿色配黄圈圈的,

或黄色配蓝圈圈的。

也没有一个是奇异的,②

穿钩花短袜

系着串珠的腰带。③

人们并不打算

---

① 参见弗洛伊德《梦的解释》(第五章):童年恶梦中的强盗其实都是爸爸,幽灵更可能是穿白色睡袍的女性人物(妈妈)。

② 参见爱伦坡诗《睡中人》(The Sleeper, 1831):多奇异你的苍白,多奇异你的装束。

③ 天主教修女有以串珠状绳结为腰带或在宽腰带上挂长串念珠。

梦见狒狒和螺蛳。①

唯有，随处可见的，一位老水手，②

醉醺醺地穿着靴子睡觉，

捉老虎

在红色的天气。③

———————

① 狒狒（baboons）属有多种，其中山魈（drill、mandrill）是最华丽的猴科动物。螺蛳（periwinkles）泛指各种可食用的小螺类，有些钻孔螺（drill、shipworm）可危害船只、港堤。两者有巧妙的同名相似，但人们一般不愿去钻研（drill、winkle out），只有老水手知道。另，peri- 意即随处可见，Winkle 为荷兰姓氏，引出下文。

② 参见华盛顿·欧文小说《老劈柴范温克》(Rip Van Winkle，1819)：厌倦庸碌生活的范温克在山中打猎时遇到一群衣着古老的怪人，跟他们玩球、饮酒，大醉醒来，发现时间已过了 20 多年，与他同饮的恐怕是传说中失踪已久的航海家哈德逊和荷兰东印度公司船员的幽灵。史蒂文斯和故事主角同为荷兰裔。

③ 朝霞不出门，晚霞行万里。或指气象站悬挂红旗预告风暴或山火危险。

礼拜天早上

1

她安享丝袍，并懒啜

咖啡与柳橙在向阳的靠椅，

还有一只凤头鹦鹉在地毯上扑动

绿色的自由，混合着消散了

久远之前献祭的那种神圣肃穆。①

她还略有梦意，感到有些暗黑的

侵袭来自那场古老的灾变，

如一片幽幽的黑在波光里荡漾。②

辛香的柳橙和亮丽的绿翅

---

① 肃穆（holy hush），参见《旧约》：你要在主耶和华面前静默无声，因
为耶和华的日子快到，耶和华已经预备祭物，将他的客分别为圣（番
1：7）。又，贵格会教友在星期天早上的集会时进行漫长的静肃礼拜
（silent worship），默默等待内心灵光的启示，然后心有所感的教友可发
言做见证。诗中的她显然没有参加星期天的礼拜。

② 参见《旧约》：起初，地是空虚混沌，渊面黑暗，神的灵运行在水面上
（创1：2）。

仿佛某种死灵大军里的事物，

蜿蜒穿越宽广的水面，无声无息。①

这白日就像宽广的水面，无声无息，

静止下来让她迈开做梦的双脚②

跨越四海，去到沉寂的巴勒斯坦，

那鲜血和坟冢的属地。③

2

为何她应该把她的慷慨施予死人？④

难道这就叫神性，若只能出现

在寂静的暗处或是在梦里？

难道她就不能从那些薰薰的阳光，

从辛香的水果和亮丽的绿翅，或说

从人世间的任一种香脂或美景，

找到与关切天堂一样可贵的事物？

----

① 参见英国传统民歌《大海宽宽》(*The Water is Wide*)：大海宽宽，我不能渡，亦无翅翼可飞航。

② 参见《旧约》：摩西向海伸杖，耶和华便用大东风，使海水一夜退去，水便分开，海就成了干地（出 14：21）；《新约》：耶稣在海面上行走时风浪甚大（太 24：24）。

③ 耶路撒冷的各各他（骷髅地）有耶稣宝血遗迹和圣墓教堂。

④ 参见莎诗：大自然从不赠送只是出借，对自在的人她就坦然出借，但美貌的吝啬鬼呀，为何你滥用那份托你转交的慷慨恩赐（Sonn.4）。

神性必存于她自有的内心：

雨中的激情，或飞雪里的心绪；

寂寥时的伤悲，或不可抑制的

林花盛放时的狂喜；在秋夜

潮湿的路上奔突的冲动；

所有的欢欣和所有的痛楚，只要念及

那夏日的树干和冬季的枝杈。

这些才是为她的灵魂而设的标尺。

3

云端上的朱庇特经历过非人的诞生。①

没有母亲哺育，没有肥美的土地 ②

给他的神话头脑赋予雄奇壮阔的运动。

他运行在我们中间，像一位喃喃自语的王，

气势威严，行走在他的随从中间，③

直到我们的血脉，与天堂交融，

---

① 朱庇特（Jove）是古罗马神话中的天帝和雷电之神，关于他的诞生、成长少见传说；古希腊主神宙斯在这方面的故事很多；诗中所指不详。

② 不同的是，耶稣是人子，有玛利亚的哺育，成长在流着奶和蜜的土地。

③ 随从（hinds），也可理解为：后人、农民，又音近 herd：畜群、民众、牧人。

童女受胎，携着这样的酬报去欲求 ①

那些随从能将它分辨，于一颗星辰。②

我们的血会白流吗？或者它真会变成

乐园之血？然后这人间便能仿佛

方方面面尽如我们所知的乐园？

那时的天空将比如今更为友善，

有部分劳作，部分疼痛，

但其荣耀仅次于恒久的爱，

而非这一片生分而冷漠的蓝。

4

她说，"我爱听苏醒的鸟儿，

在起飞之前，以它们甜美的问话

探询那迷雾田原里的现实；

但当鸟儿远去，它们的温暖田原

也不再重返，那时，乐园又在何方？"

那里没有任何先知会出没，

没有古墓里的吐火老怪，

---

① 欲求（desire），拉丁词源本义：想要摘星星（sidus）。
② 太阳系最大的行星（木星）以朱庇特命名。另，牧羊人根据伯利恒之星
（彗星）的运行获知了耶稣的诞生。

也没有地府的金土，更没有一个岛屿

仙音缭绕让英灵们在那里安家，

没有梦幻般的南国，没有摩云的棕榈

远在天堂之丘，它已长存

如四月的绿叶长存；或将长存

就像她对苏醒鸟儿的惦记，

或她对六月傍晚的希冀，撩动于

那燕子翅尖的圆满。①

5

她说，"但满足之余我仍感到

缺乏某种不朽的福佑。"

死亡是美的生母；因而从她那里，

仅从她那里，才能实现我们的梦想

和我们的欲求。尽管她把磨灭的

落叶撒满我们的路途，

那满怀伤悲的路，但在许多路上

胜利鸣响它铜皮的妙语，或是

---

① 圆满（consummation），也可理解为：完结、死亡。参见莎剧《哈姆雷特》：死亡沉睡正是我们求之不得的完结（Hml.3.1）。

爱情在温柔中微微地呢喃，

她令柳枝在阳光里垂颤

让那些惯于在草地上安坐静观的

少女放任了她们的双脚。

她导致少年们堆满新采的李子和梨

在无人眷顾的果盘。少女们只要一品尝

就会热烈地迷走在凌乱的落叶中。

6

在乐园就没有死亡的变迁吗？

成熟的果子从不掉落？或者树枝会

笨重地永悬在完美的天空，

一成不变，却又与我们颓圮的土地如此相似，

有河流跟我们这边一般寻求大海

但永无发现，有同样退潮的滩涂

永不再触及难以言状的剧痛？

为何把梨子置于那些岸堤

或以李子的芳馥给滩涂添香？

唉，在那里它们应披上我们的色彩，

我们午后的丝光编织品，

并拨弄我们的乏味诗琴的弦索！

死亡是美的生母，无上玄妙，

在她燃烧的胸怀里我们设想

我们的人间母亲们侍奉着，不眠不休。

7

轻快又狂暴，一大圈人

应纵酒吟歌于夏日的清晨，

他们对太阳热烈膜拜，

不是作为神，而是可能的神，

赤裸在他们中间，像一股野蛮的源泉。

他们的歌唱当是乐园的歌唱，

发自他们的气血，回荡于天空；

他们的歌唱，一声叠一声，当传入

那迎风的湖面，他们的主必为之欣喜，

还有树林，像炽天使，以及回响的群山，①

过后很久他们本身仍是一个合唱团。

他们当知悉那天国的团契

既属死灭的凡人也属于夏日清晨。

---

① 炽天使（serafin，撒拉弗），是基督教叙述中级别最高的天使，他们侍
立于神座，不停地应声高唱"圣三祷文"：圣哉，圣哉，圣哉（赛6：3、
启4：8）。

至于他们从何处来、往何处去，

当由他们脚面的露水来表明。

8

她听见，在毫无声息的水面上，

有个声音在喊，"巴勒斯坦的坟冢

并不是英灵们流连的长廊。

那是耶稣之墓，他的安葬地。"

我们生活在太阳的一片古老混沌，①

或白日和黑夜的古老属地，②

或一个岛屿，孤独，无依，自由，③

隔着那宽广的水面，无法逃脱。

鹿群走在我们的山丘，鹌鹑

在我们身旁叽咕着自发的啼鸣；

甜甜的莓子在野地里成熟；

还有，在天空的幽寂中，

———————————

① 在古希腊神话中，混沌（χάος, khaos）是创世之前的第一个神，原指空
虚深渊，混沌生大地、地狱、欲望、黑暗、黑夜，黑暗又与黑夜生光明
和白昼，或混沌与迷雾生黑夜和白昼。另，参见《旧约》：起初……地
是空虚混沌，渊面黑暗（创1：2）。

② 或（or），希伯来文 אור（or）意即：光、亮、灯火。

③ 无依（unsponsored），也可理解为：没有教父（sponsor）。

每个黄昏，一群群不经意的鸽子
掀着含混模糊的波纹下降，
伸展了双翅，没入黑暗。

六大美景

1

一位老者
独坐苍松的荫凉
在中国。
他看见飞燕草，
蓝白相间，
在树荫的边沿，
随风飘拂。
他的长须随风飘拂。
苍松随风飘拂。
于是水流动
在野草上。

2

这夜晚的颜色

如女子的胳膊：

夜晚，女性，

迷朦的，

芳馥而柔顺，

隐藏着她自身。

池塘闪动，

像一只手镯

在舞蹈中震颤。

3

我倚着一棵高树

丈量自己。

我发现我要高出许多，

因为我一直够到了太阳，

在我的眼中；

而且我可以够到大海之滨，

在我的耳中。

尽管如此，我却不喜欢

那些蚂蚁一路爬行

在我的影子进进出出。

4

当我的梦接近月亮，

它长袍上的白色褶子

盈满黄色的光。

它双足的踝底

渐渐发红。

它的长发盈满

来自群星的

某种蓝色晶体，

不太远。

5

不是所有能刻灯柱的刀子，

或所有能开长街的铁錾，

或所有能建穹顶和

高塔的木槌，

都能雕刻

一颗星星所能雕刻的

闪烁在那葡萄叶缝中的东西。

6

理性主义者，戴正方帽，

在正方形的屋子里，思索，

望一望地板，

望一望天面。

他们把自身拘限

于直角三角形。

若他们肯试一下斜菱形，

圆锥形，波浪线，椭圆形——

比如半月状的椭圆形——

理性主义者们就会戴上大阳帽。①

————————

① 大阳帽（sombreros），比如像史蒂文斯在佛罗里达海滨度假时那样戴着
墨西哥式的阔边大草帽。

松林里的矮脚鸡们 [①]

阿兹坎的伊夫坎大可汗一身卡弗毯，
褐红色长袍红褐色颈羽，立正！

该死的宇宙大公鸡，仿佛太阳
是个黑炭鬼给你托着火烈尾。

肥！肥！肥！肥！我就是个人物。[②]
你的世界是你。我是我的世界。

你这小小鸟中的十尺大诗人。肥！
滚！一只小小鸟在松林里耸毛，

_____

① 矮脚鸡（bantams），原产东南亚，体型只有常见家鸡三分之一甚至更
　小，长尾高耸，性格好斗，多作为宠物饲养。
② 肥（Fat!），FFF 是一种驱魔念咒，如 "Fiat, fiat, fiat!"，略相当于中国
　道教的"急急如律令、敕"，或"吓吓吓"。

耸毛，对准他们的阿巴拉契亚喤喤，
才不怕阿兹坎胖墩或者他的嗷嗷。

瓶子逸话

我在田纳西设下一个瓶，
它便浑圆如斯，立于山岗。
它令乱糟糟的野地
围绕那山岗。①

野地向着它起身，
又往四周蔓延，不复荒野。
瓶子在地上浑圆拱立
并高耸如空中的一道门。

它在各处统领。②
瓶子本色而朴素。
它不奉献小鸟或灌木，
不像田纳西的其他东西。

---

① 围绕（surround），本义为：淹没。
② 统领（dominion），诗中的瓶子可能是当时常见的加拿大产"领地牌"
　（Dominion）广口玻璃瓶。

文　身

光线像蜘蛛。

它爬过水面。

它爬过雪地的边沿。

它爬到你的眼皮底下

然后在那里铺开它的网——

它的两张网。

你双眼的网

被拴紧

在你的血肉和骨头

如同拴在椽梁或草茎。

还有你双眼的细丝 ①

在水的表面

又在雪地边沿。

---

① 可能指视线，图画上表示视线的一条条"线"。

生命即运动

在俄克拉荷马，
邦妮和乔丝，
穿印花布，
围着树桩跳舞。
她们喊：
"哦嗬呀嗬，
哦嗬嗬"……
庆贺肉体和空气的
新婚大喜。

土包子

那朵奇奇怪怪的花，是太阳，
如你所言。
随你所欲。

世界是丑陋的，
人类是悲哀的。

那一团狼藉的羽毛，
那只兽类的眼，
如你所言。

那燃烧的蛮人，
那种子，
随你所欲。

世界是丑陋的，
人类是悲哀的。

理　论

我亦即我周遭的事物。①

妇人都懂这个。

只要不像女公爵

离着马车一百米远。

因而，这些都是肖像：

一间黑色的门厅；

一张帷幔遮掩的高架床。

这些不过是举例。

———————

① 参见拜伦诗《恰德·哈罗德游记》：我不活在自我之中，我只是我周遭
　 的一部分（III.72）。

彼得·昆斯论键琴 ①

1

当我的手指在这些琴键

弹出音乐，那同样的声响

也在我的灵魂弹出一种音乐。

那么，音乐只是感觉，而非声响；

因而也就是说，我的感觉，

此刻在这个房间，渴望着你，

想念你的蓝影绰绰的丝袍，

便是音乐。如同有一种曲调 ②

---

① 彼得·昆斯（Peter Quince），在莎剧《仲夏夜之梦》中是一个木匠，他
  和其余五个手艺人组织业余剧社，在大公和女王的婚礼上演出，昆斯担
  任编剧，并朗诵开场诗和剧情引子，但他文辞不佳，被观众差评。
② 曲调（strain），也可理解为：紧张、冲动、歪曲、天性等。

从那些长老心中被苏散拿唤醒；①

那绿油油的傍晚，清新而温暖，②
她沐浴在自家寂静的花园，这时
两个眼红红的长老，注视着，感到

他们生命中的低音区在悸动
魅惑的和弦，而他们稀薄的血液③
跳荡着和散那的拨奏曲。④

2

那碧绿的流水，清澈而温暖，
苏散拿躺下身子。

———————

① 苏散拿（Susanna，苏珊娜）出自天主教次经《但以理书》的一个故事：
贞妇苏散拿独自在花园里沐浴时被两个老色鬼偷窥，她拒绝了他们的诱
惑和威逼，但两人反污蔑她有奸情，幸亏先知查明真相，处死了坏人。
诗中所述音乐情景，很接近韩德尔、汉密尔顿的英语歌剧《苏散拿》
（Susanna，1749）。
② 苏散拿故事原发生在炎热的中午。发生在傍晚的是大卫王窥看拔示巴沐
浴（撒下 11：2）。
③ 二长老中有一人是迦南苗裔而非犹大苗裔（但 13：56）。
④ 和散那（Hosanna）原意"求主拯救"，在祈祷词中也用作称颂语。此
处应指经文："和散那归于大卫的子孙"（太 21：9），暗指大卫王偷窥人
妻拔示巴沐浴后行奸并杀夫夺爱的秽史（撒下 11）；另，音近"嗬，苏
珊啊"。

她在寻求
清泉的抚摸，
并找到了
隐秘的想象。
她娇喘，
为这优美的旋律。

她上到岸边，站在
清凉里，
已精疲力竭。
她感到，在枝叶间，
有露珠
来自古老的虔敬。

她走到草地上，
暗自颤抖。
阵阵微风就像她的婢女们，
迈着羞涩的脚步，
取来她丝织的披巾，
犹颤颤不止。

一股清气吹在她的手上
悄息了夜色。

她转过身——
一面铜钹雷响，
四周角号轰鸣。

3

旋即，随一阵铃鼓般的声响，
她的拜占庭侍从赶到近旁。①

他们奇怪苏散拿为何大叫
痛斥她身边的这两位长老；

当他们互相耳语，副歌喋喋
就像一棵柳树被风雨扫掠。

未几，他们举起亮堂的灯烛
袒现了苏散拿和她的羞辱。

然后这些傻笑的拜占庭人
逃散，随一阵铃鼓般的响声。

———————————

① 苏散拿故事原发生在巴比伦。诗中的拜占庭人所指不详。

_70

4

美在头脑中只有瞬间——
对一座大门断断续续的描摹；
但在血肉中它是不朽的。

身体会死；身体的美长存。
所以傍晚都会死，但在它们的碧绿中，
一道水波，无尽地流动。
所以花园都会死，它们的柔香仍散发
在冬季的道袍，实现了悔改。
所以少女都会死，去组成曙光
典礼上一个少女的唱诗班。

苏散拿的音乐触动了淫欲之弦，
唤起那些白头老者；但如果逃避，
剩下便只有死神的反讽式挠拨。
此刻，于不朽中，它奏响
在她的记忆那清晰的提琴，①
构成了恒久的颂赞圣礼。

———————

① 提琴（viol），法语同形词意为：强暴。

观察一只黑鹂的十三种方式 ①

1

在二十座大雪的山中，

唯一活动的东西，

是黑鹂的眼睛。

2

我有三心二意，

像一棵树

上边栖着三只黑鹂。

---

① 黑鹂（blackbird）常泛指拟黄鹂科或鸫科的一些鸣禽，并非全黑，如美
国东部常见的红翅黑鹂，雄鸟黑色有鲜艳的肩羽，雌鸟灰褐色。另参见
爱伦坡诗《乌鸦》(*The Raven*)：这只漆黑的鸟一本正经的样子把我的悲
伤哄骗成微笑。

3

黑鹂飞旋在秋风里。
它是滑稽戏中的一个小角色。

4

一个男人和一个女人
是一体。
一个男人和一个女人和一只黑鹂
是一体。

5

我不知道哪个更好，
是美在屈折
还是美在暗讽，①
是在黑鹂啼鸣之时

———————

① 屈折（inflections）、暗讽（innuendoes），分别指音韵上的富于变化，寓意上的深刻含蓄。

还是恰在其后。①

6

冰棱塞满了长窗，
像粗野的玻璃。
黑鹂的投影
横过它，来来回回。
我的心绪
在这投影中追索
一个捉摸不透的因由。

7

哦，哈达姆的瘦男人，②
你们为何幻想黄金的鸟？
难道你们没看见黑鹂
正四处走动在
你们身旁女人的脚畔？

---

① 亦即，是当时的感官愉悦，还是过后的理性反思。
② 哈达姆（Haddam）是康涅狄格河上的一个小镇，在哈特福下游。

8

我知道高贵的重音
和明晰的、不可逃避的韵律；
但我也知道，
黑鹂同样牵涉到
我的所知。

9

当黑鹂飞出了视野，
它标记的边界
是众多圆圈中的一个。

10

眼看一群黑鹂
在绿光里飞翔，
即便是美声派的老婊子们
也会尖声大叫。

11

他乘一架玻璃驿车
走遍了康涅狄格。
曾经有一种恐惧穿透了他,
那时他错把
他车马的投影
当成一群黑鹂。

12

河水在流动。
黑鹂必在飞翔。

13

整个午后都像傍晚。
天在下雪
而且还要下雪。
黑鹂栖在
香柏的枝上。

精致的游牧人

当佛罗里达无垠的朝露

孕育

巨鳍的棕榈

和怒放着生命的绿藤，

当佛罗里达无垠的朝露

孕育圣歌而圣歌

通过见证者

见证着所有这些绿色的侧面

以及绿色的侧面的金色的侧面，

而每个蒙恩的清晨，

恰逢在那年幼短吻鳄的眼中，①

————————

① 恰逢（meet），音近 meat：肉食。短吻鳄（alligator），拉丁语同形词意
  为：捆绑者，参见古罗马农学家科鲁迈拉记述葡萄种植：搭好架子，捆
  绑工就把藤蔓固定上去（Columella, *De Re Rustica* 4.13）。

以及电光般的炫彩

便如此，向我，直扑而来：

形形状状，火焰火光，以及火中诸般色相。①

<hr>

① 原文为连续 5 个 f 头韵，并与 Florida（佛罗里达）相谐。

_78

茶

当公园里的大象耳朵 ①

皱缩于寒霜，

小路上的落叶

乱窜如鼠，

你的灯光正照在

柔亮的枕头，

那海的碎影、天的碎影，

如爪哇朵朵阳伞。

---

① 大象耳朵（the elephant's-ear），常指一些芋属观叶植物，原产热带地区，
如爪哇。

致狂风

你要寻求怎样的音节啊,

呼啸君,

在睡眠的彼岸?

快说。

风 琴 补 编

（1931）

士兵之死 ①

生有约期，死可预计，
如同秋的季候。
士兵倒下了。

他没能当上三天的名流，②
去强化他的离别，
备极哀荣。

死是绝对的，不留下纪念，
如同秋的季候，
当风停止，

---

① 标题出自法国诗人勒梅西埃（Népomucène Lemercier, 1771—1840）的
《士兵来信》：士兵之死是近乎自然的事。1918年于诗刊首发时曾用作
题辞。
② 美国风俗一般死后三日下葬，又如传说中耶稣被钉死于十字架三日后
复活。

当风停止以后，在诸天之上，
云朵飘远，一切如常，
沿着它们的方向。

否　定

嘿！造物者也太不长眼，

拼命要实现他那和谐的整体，

却丢弃了中庸的那些部分，

恐惧和虚伪以及错误；

没本事的全能的主啊，

迷糊过头的理想主义者，完全沉浸

于一个固执的天启。

正因此，我们才要忍受短暂的生命，

这倏忽易逝的对称，

在那个窑匠小心翼翼的拇指上。①

---

① 窑匠（potter），在《旧约》中常比喻造物主，如：上帝叫耶利米到窑匠
家里去，看到他正转轮弄泥做器皿，做坏了就又用原来的泥另做别的器
皿，窑匠觉得怎样好就怎样做，上帝说，我待你们岂不能照这窑匠弄泥
吗，泥在窑匠的手中怎样，你们在我手中也怎样（耶18）。

秩 序 的 观 念

（1936）

别了，佛罗里达

1

快开啊，高船，就趁现在，上到海岸，

那蛇已把它的蜕皮落在地板上。

西礁岛陷没在黑沉沉的乌云之下，①

一片银光绿光在大海上空铺展。月亮

挂在桅顶，往昔已经死去。

她的心再也不会对我说话。

我自由了。高悬在桅杆上的月亮

清楚地照亮她的心而波浪为此构成副歌

如下：那蛇已把它的蜕皮脱在

地板上。快快啊穿过黑暗。波浪回扫。

---

① 西礁岛（Key West）位于佛罗里达礁群最南端，相当于美国的天涯海
角。史蒂文斯经常到那里度寒假。

2

她的心已把我周身绑缚。棕榈炎热

仿佛我住在白灰地上，仿佛

那枝丛里的风声一直响个不停

从我寒冷的北方呼啸到一个阴森森的南，

她的青松和珊瑚以及珊瑚海的南方，

她的家，不是我的，她家在日日新的群岛，

她的白日，她的海洋之夜，在礁盘上

呼唤着音乐以及阵阵低吟。

若在北方我多么惬意，我要启航

然后踏踏实实并遗忘那漂白的沙滩……

3

我恨那风吹雨打的小艇使得水塘

揭露了大海的床底和狂乱中

波动的水草。我恨艳丽的鲜花

蜷挂在不遮荫凉的屋棚，锈铁和残骨，

树林就像残骨而枝叶一半白沙一半烈阳。

站在这黑暗中的甲板，嘴里说

别了，深知那块陆地将永远离去
而她决不会再回复一个字
或一眼，也不会再想起，但是
我曾爱过她……别了。快快开啊，高船。

4

我的北方黄叶落尽，坐落在隆冬的黏浆里，
既是人也是云，一大摊人群挤搡的黏浆。
人群的移动就如水的移动一样，
那些愠愠的涌浪破开乌黑的水流
冲过你的身侧，然后推撞着滑溜着，
黑暗被粉碎，翻腾着飞沫。
又自由了。返回那激烈的心，
那是他们的心，这些人群，然后将绑缚
我的周身，载着我，雾蒙蒙的甲板，载着我
去往寒冷之地，快快啊，高船，快快开，飞起。

午餐后的航行

是"轻蔑"一词好伤人。
我的老船儿绕着拐杖打转
迟迟不能出发。
正值一年的时节
和一日的时辰。

也许我们刚吃过午餐
或我们应吃过午餐。
但不管怎样我是
一个最不合时宜的人
在一个最不顺遂的地点。

我的神啊，请听诗人的祈祷。
这里应有浪漫。
那里应有浪漫。

处处都应该有它。

但浪漫必须永不停休，

我的神啊，它必须永不回头。

这沉重的历史航帆

透过湖面那最陈腐的蓝

在一条真正晕头转向的小船上

完全是个贫乏至极的假货……①

至少要是某人亲眼所见。

仅为某人的感觉方式，比如

我的精神所在就是我所在，②

比如轻风挂虑着船帆，

比如今日水流迅急，

要剔除所有的人并成为那璀璨

轮盘中的一个瞳孔然后才能赋予

那肮脏的船帆有些微的超然，

_____

① 贫乏至极（vapidest），拉丁词源 vapor 本义：水汽。
② 精神（spirit），本义：风吹、呼吸、生灵之气，故有下一行的轻风（light wind）。

以光芒，某人的感觉方式，令其闪白，

然后明亮地奔涌于夏日的空气。①

———————————

① 这一段可能反讽了"超验主义者"爱默生的名篇《大自然》：在林中我
 们复归理智和信仰，所有耻辱和患难都会被大自然抚平，站在光秃的地
 面，我的头沐浴在欢畅的空气中，昂扬于无尽的空间，一切自我都消失
 了，我成为一个透明的眼球，我什么也不是，我看到一切，那宇宙存在
 的环流穿身而过，我是上帝的粒子或一小部分（Nat.1）。

西礁岛的秩序观

她曾在大海的元灵之上放歌。①

水从不具形于心智或喉嗓，②

只像一个体，全然的体，挥扬着③

它空空的衣袖；然而它的摹仿动作④

---

① 元灵（genius），常用义：天才，本义：守护精灵，如海之灵，大海的某
种自然规律、内在特质或精神风尚（spirit、Geist）。Sea（大海），西班
牙语同形词意为：（那应当可能会）是着、在着，略相当于英语 being；
另，sea 音近 she（她，德语 sie、荷语 zij）。此句或可理解为：她的歌
唱超越了大海 / 她本人 / 应存在的精神。参见黑格尔名言：没有人能超
越他自己的时代，因为他那个时代的精神也是他本人的精神。

② 水（water）和秩序（order）叶韵，同源词 ύδωρ（hudor，希腊语：水）、
unda（拉丁语：波浪）、onde（法语：波浪、水、海）等更与 order 形似。
另，爱尔兰语 uisce（水）发展出英语 whiskey（威士忌），亦即 spirit（烈
酒、精神），相当于上一句的"元灵"（genius）。诗中很多关键词都这样在
诸语音义中游走。

③ 体（body），英语把河、海、湖等称为"body of water"（水体）。水没有形状
或肉体，没有心灵或语言，但它有它的完整自足的"体"，虽然这个水之体
只是纯粹的躯干，但没有手脚四肢可舞动广袖，也没有头部可思考和歌唱。

④ 空空的衣袖（empty sleeves），常指断肢残疾，如伤残军人，有同名歌曲
纪念美国内战老兵（J. W. Dadmun，1863）；也可理解为：空的唱片封
套或精装匣子，过去有单独出售。这里，波浪（wave）摹仿歌者的挥手
（wave），大自然在摹仿人；当摹仿与歌唱（sing）相关时，令人想起法
语词 singe（猿猴）。

造成持续的呼喊，持续地导致一种呼喊，

尽管我们理解它但它不是我们的，

它非人，属于名副其实的汪洋。

大海不是一个面具。她也不再是。①

歌曲和海水不是混成的声响

即便她的歌就是她的听闻，

因为她歌唱是一字一字发音。

也许正是她的辞句搅荡了

那磨碾的水和喘吁的风；

但我们听见的却是她而不是海。

因为她是她所唱歌曲的创制者。②

那始终蒙头遮面、姿态悲怆的海

不过是一个场所让她走上前去歌唱。

---

① 面具（mask），拉丁同源词 masca（幽灵）、masco（女巫）、mascotte
（福神、护身符）。坦帕、西礁岛和哈瓦那之间的班轮名为 "Mascotte"，
她（she）也可以指一艘船。面具的同义词：希腊语 πρόσωπον、拉丁
语 persona，原指戏剧面具，后延伸为角色、人物形象、面具人格等；
persona 又指一个人、人称。大海不是以上这些，只是自己。"她也不再
是"（No more was she），可理解为：大海不是她。More 在印欧语源中意
为：大海，如拉丁语 mare、日耳曼语 meer、斯拉夫语 море。
② 参见古希腊语 ποιητής（诗人）的本义：做者、制造者、立法者；
ποίημα（诗）的本义：做、造、行动。

这是谁的精神？我们说，因为我们知道 ①

我们寻求的就是这种精神而且知道

只要她歌唱我们就该提这个问题。

假如只有大海那阴沉的嗓音 ②

响起，甚或教层层波浪为它添彩； ③

假如只有天和云的外在嗓音，

以及水墙中困溺的珊瑚的嗓音， ④

无论多清澈，也只能成为深深的空气，

空气的喘息言谈，一种夏的声响

在一个没有尽头的夏日里重复 ⑤

并独自响动。幸而还更多于此， ⑥

更多过她的以及我们的嗓音，就在

海水和晚风那些毫无意义的穿插之中，

---

① 精神（spirit），参见本诗第 1 行 "元灵"（genius）及译注。因为歌者似乎超越了大海 / 现实存在的精神，故诗中有此一问。

② 海水不形成嗓音，假设有，也是晦暗、低沉、不确定的。

③ 添彩（colored）的意大利语同义词 coloratura 又指：花腔，声乐中的华彩部分。波浪（waves）的法语同义词 vagues 又指：含糊晦涩、漫游漂泊。

④ 珊瑚（coral），参考 choral、chorus（合唱）、carol（欢歌、圣诞颂）、carrel（小隔间）。

⑤ 史蒂文斯一般是冬季到温暖的西礁岛度寒假。

⑥ 亦即，如果那歌声只是大海或天空的 "精神"，没有人、没有想象，就没有意义，只是白白地空响。

戏剧间离，青铜色阴影堆垒

在高高的地平线，天海交际处

云浮岳峙。

　　　　　正是她的嗓音使得

天空极度敏感于它的湮没。①

她给这时辰度量出它的单独性。②

她是她在其中歌唱的那个世界里

唯一的巧匠。当她歌唱，大海，

无论它有怎样的自我，都将成为

她歌中的那个自我，因为她是创制者。于是我们，

当我们目睹她在那里独自徜徉，

便知道对她来说从未有世界存在，

除了她歌唱并在歌唱中创造的那一个。③

---

① 敏感（acutest）也指：尖锐、高音、尖声。湮没（vanishing）也指：弱
化音、（透视）消灭点。她的歌唱如同晚霞，给没有感觉的、非人的黄
昏海天赋予了意义，如同给弱音标上锐音符（acute accent）——sky（天
空）加锐音符：ský（［北欧语］云）。

② 度量（measured）亦即赋予秩序，韵律、节拍也是一种度量。古希腊人使
用漏刻（clepsydra）滴水计量时间，所以水（ΰδωρ）也常指代时间。另，
参见英国作家艾迪生（Joseph Addison，1672—1719）：大海的滚滚波涛是
永恒浪潮的部分（part），云雾升腾又消散是永恒的份数（portion），它被
称为时间，由太阳来度量（measured），从世界的太初直到其终结，大海
的两端被黑暗包围，浪潮当中有一座桥，那就是人的生命（Sp.159）。

③ 亦即，当她歌唱时世界才有自我／身份，她创造了这个世界的秩序；而
这个世界是艺术创造，而非自然世界。

拉蒙·费尔南德斯，告诉我吧，若你知晓，

为何在歌唱结束之后在我们回城的路上，①

请告诉我，为何那些剔透的灯光，

那些远远锚泊的渔船上的灯光，

当夜色降临，遮上天蓬，

它们主宰了黑夜并瓜分了大海，②

铆定着那些盛装的街区和熊熊的灯柱，

那布置着、深化着、魅惑着的黑夜。③

哦！苍白的拉蒙，对秩序的狂暴有福了，

那创制者的狂暴在把秩序赋给大海的词语，

那些芬芳门径的词语，隐隐星光里，④

还有我们自身以及我们的起源的词语，

以更灵异的分野，更敏锐的声响。⑤

———————

① 亦即，艺术想象的世界与自然世界是不一样的、不同步的，曲终人散还存在。

② 瓜分（portioned out），按一定比例进行分配，各人应得的分数由某种天命决定，亦即秩序。另参见本诗上段"度量"（measured）译注。

③ 想象力具有强大的主动性，给黑夜／现实世界施加了秩序、赋予了性格。

④ 芬芳门径（fragrant portals），是本诗上段"熊熊灯柱"（fiery poles）的倒影的放大，仿佛海面上浮现一个香熏缭绕的圣殿的列柱门廊；另，此处也是对"秩序"（order）的一种诗学阐释：芬芳（fragrant）的同义词 odorous 音近 order，门径（portals）亦音近，亦即，秩序的秩序之门。

⑤ 更灵异（ghostlier），常用义：更鬼魅、幽灵般的；参见德语同源词 Geist（精神、幽灵），Zeitgeist（时代精神，Genius seculi）。参见本诗第 1 行"元灵"（genius）及译注。

太阳的一次暗淡

谁能设想太阳身披乌云，
让所有的人都被震撼，
或设想黑夜眩目，辉煌，
把人们惊醒，
并呼喊呼喊着求助？

自我的温暖古董，
一个个，突然变得寒冷。
茶水发臭，面包发愁。
世界怎能如此衰老如此疯狂，
让人们死去？

是否喜悦可以脱离书本，
任由伸展，自己寄托自己，
是否它们会把指望
寄托于它们自己，

不再呼喊求助，

寄托着，像太阳的光柱，
支撑着黑夜。茶水，
红酒鲜美。面包，
牛肉香甜。
它们不会死去。

一张寄自火山的明信片

当孩子发掘了我们的骨头
将不再知道这些东西曾经
也敏捷如同山坡上的狐狸；

然而在深秋，当葡萄的香味
把冷冽的空气变得更冷冽，
其中仍有生命呼吸着冰霜；

但至少会猜测我们在骨头里
留下许多，留下仍旧不变的
事物的外貌，留下我们观看

事物的感受。春天的云吹动
在一座窗扉紧闭的宅邸上，
高过我们的门庭和刮风天，

哭叫着一声有文化的绝望。
我们长久熟谙宅邸的外貌，
我们对于它的讲述已成为

它本身的一个部分……孩子们
仍旧在编织着含苞的光环，
会说我们的话但从不发觉，

还会说到这座宅邸看上去
就像曾在这住过的他留下
一个幽灵咆哮在空空四壁，①

肮脏的房屋在破毁的世间，
一团褴褛的阴影憔悴苍白，
却涂抹着太阳阔绰的金粉。

---

① 空空四壁（blank walls），音近 blank verse（素体诗）。

蓝色吉他手

（1937）

蓝色吉他手

1

那人一头埋在他的吉他上，
像个剪毛工。那一日绿油油的。①

人们说，"你有一把蓝色吉他，
但你不懂弹奏事物如其所是的方法。"②

那人答道，"如其所是的事物
在蓝色吉他上已发生变化。"

人们又说，"那就弹一曲吧，但必须

---

① 剪毛工（shearsman），旧时在纺织厂给毛料布匹修剪绒茬的人，也可能
指裁缝；另，音近 sheer man：纯粹的人。
② 如其所是的事物（things as they are），类似康德哲学中的"物自体"
（Ding an sich）。

既高于我们，又仍是我们自身，

这首曲子要通过你的蓝色吉他
把如其所是的事物表现得分毫不差。"

2

我无法带来一个完满的世界，
哪怕我已竭力将它缝补。①

我歌唱英雄的头颅，他大大的眼睛
和美髯的铜像，但却不是一个人，

哪怕我已竭力将他缝补
并借他达到近乎于人的程度。

如果弹小夜曲只能近乎于人，
因而，失掉了如其所是的事物，

---

① 缝补（patch），同义词 compose 引申为：写作、谱曲。

可以说是这支小夜曲

只讲到一个人在弹蓝色吉他。

　　　　　　　3

啊，但要弹奏那第一位的人，①

要把匕首捅进他的胸膛，

要把他的脑子摆上台面，

剔出那些辛辣的颜色，

要把他的思想钉在大门两边，

它的翅膀就向着雨雪宽宽地伸开，

要敲出他活生生的嘿嘿哈哈，

要踢它踏它，变它成真它，

要砰砰从一片野蛮的蓝把它撞响，

叮当那琴弦的金属……

────────

① 不曾被艺术改编的人本身，完满实现了"人"之理念的人。

4

这就是生命了，那么：如其所是的事物呢？
它在蓝色吉他上挑选它的路。

万万千千的人都在一根弦上？
他们所有方面都囊括其间，

所有的方面，无论对错，
所有的方面，无论强弱？

种种情感的亢狂慷喟的慨叹，
像飞虫在秋风里一片嗡嘤，

这就是生命，那么：如其所是的事物，
蓝色吉他上的这一片嗡嘤。

5

不要跟我们说诗歌有多伟大，
或地底下那些扑朔的火把，

或一点点微光之上的穹窿。①
我们的太阳里没有阴影，

白日是欲望，夜晚是睡眠。
无论哪里都没有阴影。

对于我们，大地平旷而赤裸。
也不会有阴影。诗

若胜过音乐就必须取代
空洞的天堂及其颂歌，

我们自身在诗中也必须取代它们，
即便你的吉他呕哑嘲哳。

6

有一首曲子超出如我们所是的我们，
但什么都没有被蓝色吉他改变；

---

① 早期基督教徒在地窖或墓窟中做礼拜。

我们身在曲中犹如在空间，
但什么都没有改变，除了处所，

那些如其所是的事物的处所，
且仅有处所，当你在蓝色吉他上弹奏时

将它们那样放置，超出变化的范围，
被感知于一种最终的气氛；

在一个最终瞬间，就这样
艺术的思维仿佛终了，而同时 ①

上帝的思维是烟蒙蒙的露水。②
音乐即空间。蓝色吉他 ③

成为那些如其所是的事物的处所，
这吉他的诸感官的一大创作。

———————

① 最终（final），可理解为：目的；亚里士多德哲学中的"最终因"或
"目的因"（telos）。诗中提出，仿佛正因为先有了艺术构思的目的，才使
得如其所是的事物如此安放。
② 露水（dew），音近 dieu、deus（神）。《旧约》中的上帝经常在烟柱显现。
③ 音乐本身是历时的，不具有空间性。

7

是太阳它分有我们的作品。^①

月亮什么也不分有。它是一片海。

什么时候该让我来说说太阳，

说它是一片海；它什么都不分有；

太阳不再分有我们的作品

而大地上遍布着蠕动的人类，

机械甲虫从来不够温暖？

那我是不是该站在太阳里，像现在

我站在月亮里，并称之为善，^②

---

① 分有（shares），参见柏拉图哲学概念"分有"（又作：participate），个别现实事物只是对同名的理念原型的一个摹仿，因而，种种事物"分有"了理念，才具备一定程度的真实性。诗中此处的太阳似乎是我们的某种创造的一部分，故能"分有"；但后来的月亮、大海以及太阳不再与我们保持这种关系，而是进入另一个维度，比如想象的世界。

② 参见柏拉图《理想国》中的"日喻"（大意）：如太阳照耀可见世界的万物，并让人眼有视力，至善理念给可知世界的万物赋予真理，并使人具有认识能力，它不仅是真理和认识的原因，也是一个认识对象（Rep.6.507b—509c）。

那无玷的、慈悲的善,

超然于我们,超然于如其所是的事物?
不去成为太阳的一部分?而是远远

旁观,并称之为慈悲?
在蓝色吉他上琴弦冰冷。

8

鲜活、艳丽、浮华的天空,
湿淋淋的雷声滚滚轰隆,

清晨仍淹溺于夜色,
乌云里霞光狂乱,

一种沉重的感觉在冰冷和弦中
奋力迈向激昂的合唱,

在乌云中叫喊着,震怒于
空中那些金光的对立者——

我深知我这怠惰、铅滞的弹拨
如同在风中飘摇的理智；

然而正是它把风暴施加。
我将它拨响便撒手不管。

9

那色彩，那空中一片笼罩的
蓝，在其中，蓝色吉他

是一个形式，可描述但却艰深，
而我不过是一个佝偻的影子，

埋头于那箭直、静止的琴弦，①
一个待造之物的创造者；

那色彩如同一种思想长成于
某种情绪之中，如表演者身上的

---

① 静止（still），形近 stile（门柱）、style（风格），参见德语 Stil（风格），
　拉丁语 stilus（柱子、铁笔、风格）。

悲剧长袍，一半是动作，一半

是台词，他的意义的礼服，那丝绸

浸染着他那些的感伤文辞，

他的舞台的风雨，以及他自身。

10

筑起红极的列柱。鸣响一口钟 ①

并敲打那些注满焊锡的空洞。②

---

① 筑起（raise），同形词指：石冢、石垛，尤指北欧地区古迹。红
极（reddest），北欧诸语同形词意为：恐惧至极（reddest、reddast、
räddast）。鸣响（toll），爱尔兰语同形词意为：空洞、窟窿；又形近拉
丁语 tollo（抬起、移走、消除，raise），参见《新约》中犹太人要求杀
死耶稣的情节：他们喊着说，除掉他，除掉他，钉他在十字架上，……
除了凯撒，我们没有王（约 19：15）；又形近法语 tollé（怒喊，源自前
引"除掉"）。钟（bell），同形词意为：吠、哞；怒吼一声吠叫。
② 敲打（clap）指鸣钟（clapper，钟锤），法语同形词意为：石垛。空
洞（hollows），也常指山谷，又音近 hallow（圣徒、吼叫）、horror（恐
怖、颤抖）。焊锡（tin），用于修补铜钟，也可制作中空子弹头（hollow
point，开花弹）；又指锡铁皮，仪仗队敲打铁皮鼓里满满的空虚；又音
近 teen（痛苦），参见莎诗《维纳斯和阿多尼》：我的脸满是羞辱，我
的心满是伤悲（... full of teen. Ven. 808），此处可理解为：敲响那些注
满锡的铁石心房；又音近德语 Ding（事物），那些空洞中充满事物，或
声响。

在大街上抛洒传单，死者的遗嘱，

在封印里他们还庄严威武。①

还有那些美丽的长号——看啊 ②

他大驾光临，但谁都不相信，

所有人只相信所有都相信的他，

一个乘坐豪华专车的异教徒。③

蓝色吉他上一片鼓声隆隆。

从尖塔俯身。高喊道，

"我在这里，敌手啊，④

我向你挑战，呜呜吹起油滑的长号，

---

① 封印或图章的印模在英语称为"die"，同形词意为：死。

② 长号（trombones），音近 tambour：鼓、鼓形／倒钟形科林斯式柱头、穹顶建筑的环绕支撑柱列；又 tamboura：鼓琴（亚洲吉他、冬不拉）；另，形近 tomb-bone：坟墓、骨头。

③ 异教徒（pagan）本义：乡下人、平民；另，意大利音乐家、小提琴大师帕格尼尼（Niccolò Paganini）在生活中尤爱吉他。豪华专车（varnished car），指美国铁路上的富豪私家车厢、政要专车，如总统竞选人巡回演讲时乘坐的专列。

④ 在《旧约》中，"我在这里"是答应上帝召唤或向上帝呼告的喊话，常用于圣歌。

但却怀着一点点苦痛
在心里，一点点苦痛，

序曲终为你的结局，①
这一碰就推翻人类和磐石。"

11

慢慢地常春藤在石头上
变成石头。女人变成

城市，孩子变成田野
而男人在波浪中变成大海。

正是和弦在作伪。
大海还击男人，

田野诱捕孩子，砖头
是一根草，所有飞虫都被捉拿，

---

① 华兹华斯的自传性长诗《序曲，或一位诗人的心灵成长》在他死后才整
理出版，被文学史家誉为他最杰出的作品。

无翅又枯干，但仍活生生的。
无非放大了不和谐音。

深深藏在那肚腹中时间的暗处，
时间在磐石上生长。

12

嘭嘭鼓，我来也。蓝色吉他
和我是一体。管弦乐团

在高堂上塞满趿拉着脚的人群
高如殿堂。那挤挤攘攘

呼旋的噪声，都说，会衰减
成他的夜半难寐时的呼吸。

我知道这种怯弱的呼吸。何处
是我的开始和结束？又是何处，

当我弹弄这东西，我能否捡起

那做出重大声明之物：

它本身并不是我然而

又必须是。它不能成为别的。

13

蓝色中的那些苍白侵入体 ①

是败坏的惨白……天哪，②

蓝色蓓蕾抑或黑漆漆的花朵。满足吧——③

扩展，弥散——满足于

无瑕的弱智的幻梦，

---

① 苍白（pale），同形词意为：界墙，中世纪英格兰王国在东爱尔兰、法兰西西北部的占领区（亦即侵入）；又指纹章盾徽中央的宽垂条，诗中可指蓝底盾徽中央有银色或白色垂条，如希腊国徽的蓝地白十字；后文多处都可理解为纹章描述。又法语 pale 意为：螺旋桨，诗中亦即汽船、飞机等侵入蓝色大海或天空。侵入（intrusions），也可指：赘音、插入音（epenthesis），如诗中 pallor（/ˈpælər; ˈpal.lor/，惨白）可视为 pale 的插入 /r/ 音的形式。

② 败坏（corrupting），也可理解为：讹误、篡改、不洁、劣化，如诗中 pale（苍白）可视为拉丁语 pallor（苍白）的讹误。天哪（ay di mi），原文戏拟模糊不清的西班牙语咒骂、哀叹等，如：Ay Dios mio, ay de mí, hay de mí, que hay de mí?。

③ 黑漆漆（pitchy），德语同源词 pech 意为：倒霉、厄运，用于咒骂等；又音近 bitchy（恶妇）、patchy（补丁、东拼西凑）。此句原文为 bbbb 头韵。

那蓝色世界的纹章中心，①

有一百层下巴的油滑的蓝，
情爱家的炽烈形容词……

14

先是一道，然后另一道，然后
一千道光在天空放射。

每一道既是星星又是天体；而白昼
是它们大气层中的财宝。

大海添补了它的褴褛色调。
岸滨是沉沉浓雾的堤界。

有人说德国大吊灯——
一支蜡烛就能照亮全世界。

它使之清晰。即便正午

---

① 1935 年，希腊王国复辟，蓝地白十字国旗中央重新添上了一个王冠。

它也在本质性的黑暗中闪耀。

夜晚，它照亮水果和甜酒，

书籍和面包，事物如其所是，

在一种明暗法中

让人坐下来弹奏蓝色吉他。

15

毕加索的这幅画，这"累累的

毁坏"，我们自身的一幅绘画，①

如今，竟成了我们社会的一个图景？

我是不是坐在这里，奇形怪状，像剥壳鸡蛋，

想抓住"再见，丰收月，"②

———————

① 毕加索：从前绘画是进步发展的，每日有创新，每幅画都在累加总和，但我的画是毁坏之总和，我绘画，我毁坏，但最终毫无损失，我从此处抹除的红色会在别处被找到（*Conversation avec Christian Zervos*, 1935）。

② "再见，丰收月"指一首流行歌曲。丰收月是秋分前后的满月，类似中秋月。

却看不见丰收也看不见月？

如其所是的事物都已经被毁掉了。
那我呢？我是不是一个死人

坐在羹馊炙冷的桌旁？
我的思想只是回忆，不是活的？

地板上的那块污点，是酒渍还是血渍，
不管是什么，是不是我流的？

16

大地不是土地而是一块石头，
不是一个母亲在人倒下的时候会抱起他们，①

而是石头，像一块石头，不：不是
母亲，而是压迫者，就像

———————

① 参见古希腊神话：大洪水过后仅存杜卡利翁和皮拉夫妇两个人类，他们
获得神谕，将母亲的骨头往身后扔，方可重育人类；他们猜出母亲即大
地，骨头即石块；于是，丈夫杜卡利翁扔的石块变成男人，妻子皮拉扔
的石块变成女人。

一个压迫者忌恨着他们的死亡，
如同他们活的时候它忌恨他们的活。①

要活在战场，要在战场活，
要劈斩那阴郁的琴瑟，②

要改进耶路撒冷的下水道，
要给各种祥云光环通电——

把蜂蜜献于祭坛然后死吧，
你们这些内心苦楚的热爱者。

17

此人有一个模子。却没有
它的兽。亦即在天国③

———————

① 参见莎诗《鲁克丽丝受辱记》：孤儿瘦如柴，暴君腹满满（Lucr. 905）。
② 琴瑟（psaltery），《旧约》中的一种拨弦乐器，鼓瑟弹琴以赞天主，故常指代《赞美诗集》；另，psaltery 琴又名 canon，原义：法规、教典。
③ 兽（animal），本义：活物、生命。

所说的灵魂、精神。它是
一只兽。在蓝色吉他上——

它的爪子提呈，它的獠牙
讲述它的荒野生活。

蓝色吉他是一个模子？就像外壳？
嗯，你看北风劲吹 ①

一管号角，它的凯旋曲乃是
由毛毛虫谱写在麦秸上。②

18

在一场梦中（且称之为梦），
我可以相信，当着对象面前，

梦已非梦，而是一物，
如其所是的事物，当蓝色吉他

---

① 风可指生命的灵气，如神用泥土塑出人形，吹一口气赋予其生命（即兽）。
② 谚语：风中的麦秸（straw in the wind），朕兆事物发展的动向；顶风的
麦秸（straw against the wind），不可能胜利的绝望抗争。

经过某些夜晚的长久弹拨

终于触到了种种感觉，与手无关，①

而是那些感觉本身触到了

风之语。或如阳光显现，②

像在悬崖镜照中的光芒，

从一片先前之海冉冉升起。③

19

但愿我能将那怪兽提炼为

我自身，然后让我自身

化身那怪兽，而不仅作为它的

---

① 触摸（touch），也可指：琴键、指板（吉他、小提琴等琴颈上按指调音的部分），如法语 touche；蓝色吉他经长久弹奏留下指板磨损痕迹。

② 风之语（wind-gloss），生造词，可指风中的舌头／语言／辞藻（γλῶσσᾰ、glossa）、风声（ветер голос、veter golos），如风吹芦笛、风铃、风弦琴等自鸣乐器，参见本诗第 17 章的风吹麦秸。另，也可理解为：风蚀摩痕，如考古学上石器遗物的留痕，万年后仍能从自然剥蚀中辨识出古人的加工痕迹和曾经多年使用的圆润光泽。

③ 先前的海（a sea of ex），日出之前未经光照的那个领域。

部分，不仅是一个怪兽般的琴手

弹奏它的某一把怪兽弦琴，不是
孤身一人，而是提炼了怪兽并成为它，

分为两者，这两者又是一体，
同时弹奏那怪兽又弹奏我自身，

抑或，最好别要弹我了，
而是弹奏它的智慧，

作为弦琴里的雄狮，
在狮子被锁闭于石头之前。

20

生命之中都有些什么，除了某人的观念，
好空气啊，好朋友，生命之中都有些什么？

观念就是我所信赖的吗？
好空气啊，我唯一的朋友，信赖，

信赖会成为兄弟，满怀

挚爱，信赖会成为朋友，

比我唯一的朋友更友善，

好空气啊。苍白贫乏、苍白贫乏的吉他……

21

所有神明的替代者：

这位自我，不是那种黄金自我，高慢，①

孤清，某人的宏大投影，

身体的主宰，俯视着，

就像现在，被奉为至高，

丘科鲁瓦山的影子 ②

在一个更无垠的天国，高慢，

孤清，主宰着土地并主宰

————————

① 参见尼采学说，如上帝已死，人将进化为超人等等。

② 丘科鲁瓦（Chocorua）位于新罕布什尔，高山与湖泊相映，景色优美。

生活在这片土地上的人，最高主宰。
某人的自我，以及某人的土地上的群山，

没有影子，没有夸大，
血肉，骨骼，尘土，石头。

22

诗是一首诗的主题，
从此处这首诗出发并

向此处回返。在两者之间，
出发和回返之间，存在

一片现实上的空缺，
事物如其所是。姑且称之吧。

但这些是孤立的吗？是不是
一个留给这首诗的空缺，让它在其中

获得它的真实显现，太阳的绿，

云霞的红，大地有感情，天空会思考？

从中它获取。抑或它给予，
在那万有中的交互往来。

23

有几种最终解答，好像二重奏
与承办方联袂：一个声音在云端，①

另一个在地上，一个是以太
之音，另一个有美酒之香，

以太之音大盛，承办方
歌声渐强并在雪中

呼唤着花环，那云端上的声音
泰然终止，随后

那咕噜的呼吸泰然终止，

① 承办方（undertaker）常婉指殡仪馆。

想象与真实，思想

与真理，《诗与真》，所有 ①
困惑都解答了，如一句副歌

已被持续弹奏一年又一年，
思虑着如其所是的事物的本质。②

24

一首诗就像在烂泥中发现的
一本祈祷书，它写给一个年轻人，

一个最渴求此书的学者，
就是这一本，抑或，一页，

或至少一句，一个成语，
生命之鹰，用拉丁文：

———————

① 《诗与真》(*Dichtung und Wahrheit*)，歌德青年自传；也可理解为：虚构
与真实。
② 暗示一些经典理论书名，如卢克莱修哲理长诗《物性论》(*De rerum*
natura，On the Nature of Things)。

认识吧；这本祈祷书写给沉思的观看。
要面对那只鹰眼，要畏缩的

不是对那眼睛，而是对它的欢乐。
我演奏。但这是我心中所想。

25

他将世界捧到鼻头上
然后如此这般用力一擤。①

他那些长袍和符号，哎咿呀——
然后如此那般捻动事物。

阴森如杉树林，如液态的猫
在草丛中无声地流过。

它们并不知道草也有轮转。

———————————

① 参见罗马诗人佩西乌斯（Persius，34—62）在《讽刺诗》对贺拉斯的描
述：对所有嘲弄他的人，他就当作手帕来擤鼻涕（Sat.1.116—118）。

猫咪生猫咪而草却变白，

世界生诸世界，哎呀，如此这般：
草变绿然后草又变白。

而鼻子是永恒的，如此那般。
如其曾是之物，如其所是之物，

如其将是之物也终有其是……
一根肥拇指打响哎咿呀。

26

在他的想象中世界涤荡，
世界是一个岸滨，不论声音或形式

或光亮，辞行的遗迹，
礁石，在骊歌的回响中，

往其间他的想象返回，
从其间它又加速，如空中的坝，

云中堆垒的沙，如巨人在抗击
那嗜血如命的字母表：①

蜂拥的思想，蜂拥的梦，
遥不可及的乌托邦。

一座巍峨如山的音乐却始终
仿佛要倒塌要消逝的样子。

27

正是大海刷白了屋顶。②
大海在冬气里浮游。

正是大海为北风所造。
大海在白雪中飘。

这份阴沉乃是大海的黑。
地理家和哲学家们，

---

① 真实世界变迁不居，一切存在不断消逝，这种字母表拼写的是凶残；而
  想象的巨人／诗人想用另一种更稳固的字母表／音乐予以抗击。
② 参见第 7 章：月光如海。

请看。若非那一杯苦水，
若非屋檐上的冰凌——

大海便是某种嘲弄。
冰山布景在讽刺

一个无法成为自身的魔鬼，①
只好来回变换那变换的场面。

28

在这个世界我是土著，
并在其中思考像一个土著那样，

耶稣啊，却不是一个有心灵的土著②
在思考我的所谓自己的思想，

土著，世界中的一个土著，

---

① 魔鬼（demon）又指精灵、守护神等。
② 耶稣（Gesu），诗中采用了意大利文的写法。

并像一个土著那样在其中思考。

它无法具有一个心灵，波浪
之中有汪汪的水草在荡漾

然而又静止如一张照片，
风之中有僵死的枯叶飞扬。

在此处我吸纳更深邃的力
并如我所是，我言我行，

事物皆如我思其所是
亦如我在蓝色吉他上的言其所是。

29

在主座堂，我坐在那儿，独自，
阅读一本单薄的《评论》然后说，

"拱券下的这种品味
与传统和节庆是相对立的。

若超出主座堂，在外界，

就以结婚喜歌做平衡。

也就是要坐下要把样样事物平衡

平啊平啊平到一个稳定点，

要说它像一个面具，

就要说它也像另一个，

要知道平衡并不是完全停止，

要知道面具总是古怪的，尽管很像。"

形状都错了，声音都假了。

钟声都成了公牛们一片嘶吼。①

然而方济会的大人从来不曾

比这一面丰饶的镜子更显出自身。

———————

① 钟声（bells），同形词意为：吠叫、鹿鸣。公牛（bulls），同形词意为：
教皇敕令、扯谈。原文此句押 bbb 头韵。

30

据此我将演化出一个人。

他的本质乃是：老木偶，①

他的披肩迎风悬挂，

像舞台上的一件东西，飞扬着，

他的雄姿已研究了几个世纪。②

最终，无论他风度如何，他的眼睛

盯紧一根电杆的十字梁上③

支撑的那些沉沉线缆，一路吊过

氧化街，庸常的郊区，④

整个分期付款已缴清了一半。

---

① 木偶（fantoche）为法语词，音近 fantassin（步兵）、fantastic（幻想）。

② 雄姿（strutting），也可理解为：支撑，他在风中甩起披肩的方式仿佛有支撑物一样。

③ "他"可能是电力公司的巡线员。

④ 氧化街（Oxidia），意即这个社区布满氧化物（oxide），生锈、浑浊、灰蒙蒙的，由电力和燃机驱动的现代工业社会。

活门如一片珠圆玉润的响板
从机器上方的烟囱盖子吐焰喷云。

看哪，氧化街是种子 ①
掉落于这枚琥珀余烬之豆荚， ②

氧化街是火的熏烟，
氧化街是奥林匹亚。

31

雉鸡的一觉睡得好长好懒呀……③
雇主和雇员在争辩，

争斗，争解他们的滑稽事务。

---

① 看哪（Ecce）为拉丁词。种子（seed），常指精液。另参见《旧约》：神
　说，看哪，我将遍地上一切结种子的菜蔬和一切树上所结有核的果子，
　全赐给你们作食物（创1: 29）。
② 琥珀余烬（amber-ember），原文为自撰连绵词；另参见 ambergris（龙
　涎香），字面义：琥珀灰、灰琥珀，古代用于焚香，多产自抹香鲸
　（sperm whale），字面义：精液鲸。豆荚（pod）常与生殖器有关，另
　参见拉丁文 fabulus（小豆子），形近英文 fabulous（传说般的、奇
　异的）。
③ 雉鸡（pheasant），形近 pleasant：愉快，美美的一觉。

泡腾的太阳要泡腾起来了，

春光焕发，雄鸟尖啼。
雇主和雇员都该听见了

然后继续他们的事务。啼鸣声
只会折腾那些树丛。此地，

没有场所给一只云雀在心灵，
在天空博物馆里站定。那只雄鸟 ①

将抓牢着入睡。清晨不是太阳，
它就是这样一种神经状态，

仿佛一个鲁钝的琴手攥住了
蓝色吉他的妙趣。

它必然决然地是这样一首狂想曲，
如其所是的事物的狂想曲。

———————

① 参见史蒂文斯晚期诗《论纯然存在》(*Of Mere Being*)。

32

抛开那些光照，那些定义，

然后再说说你在黑暗中的所见吧，

它到底是这个还是那个，

请不要再用那些烂名词了。

你怎能一边在那空间走动一边又

毫不知晓那空间里的疯狂，

毫不知晓它那些诙谐的生殖？①

把那些光照抛开。任何东西都不必

隔在你和你采取的那些形状之间，

既然形状的硬壳已被摧毁。

---

① 那黑暗空间中生长出许多怪模怪样的生命，你也附身于某种形状。生
殖（procreations），词根 creation 常理解为：创造；另莎士比亚十四
行诗 1~17 首多与求爱有关，被史家称为"生殖组诗"（procreation
sonnets）。

如你所是的你？你就是你自己。
蓝色吉他会给你惊喜。

33

那一代人的梦想，被贬斥
于烂泥，于星期一的污秽的光中，①

那就是它，他们所知的唯一的梦想，
时间走到了它的最后一段，再也没有时间

会重临，只有两个梦想争吵不休。
此处有将来之时间的面包，

此处有它的实际的石头。这面包
会成为我们的面包，这石头会成为

我们的床铺并让我们在夜里安睡。
我们会在白日里遗忘，除非

---

① 星期一（Monday），即月曜日，是星期天（Sunday，日曜日）结束之后
梦想家们要上班挣钱、面对现实的日子。

在某些时刻，我们选择去弹奏
那想象的青松，想象的蓝鹊。①

---

① 青松（pine），同形词意为：渴望、痛苦。

转念一想

1. 机械的乐观主义者

一个垂死于糖尿病的女士 ①

在收音机里

听到了更小的酒神颂。 ②

就像天国在召集咩咩的羊羔。 ③

她那对闲置的手镯深情颤动，

---

① 糖尿病（diabetes），源自古希腊语 διαβήτης，本义：跨过、(时间）流
　逝，又指：圆规、虹吸管等跨在两边的东西，诗中可指：弥留之际、生
　死之间。
② 酒神颂（dithyrambs），诗中可能指某部古典音乐作品。"酒神颂"原是
　古希腊人献给酒神、丰收神狄俄尼索斯的颂歌，经品达等人发展为一种
　抒情诗体，并最终形成了后世的抑扬格（iambus）。苏格拉底在最后申
　辩中说：那些写悲剧和酒神颂等等的诗人们根本说不清自己写过的精美
　诗篇是什么意思，可知他们不是凭着智慧写下诗篇，而是借助了某种天
　赋和灵感，他们就像先知或预言家那样能说出漂亮的话来，但并不理解
　话里的意义，只是自以为聪明（柏拉图《申辩》)。
③ 羊羔（lambs），形近 iambus（抑扬格）。

荡漾着旋律的洄环，

神的理念已不再狂喷

于她那些漠然的卷发的根部。①

阿尔卑斯的理念日渐庞硕，

然而，未足以让人死于其间。

似乎更安怡的就是去死，

去漂流在那花团锦簇的游船，②

相伴的是那些熟悉事物

兴高采烈谈论训诂学，③

就像在圣诞节以及所有的欢歌之前的那一夜。

垂死的女士，喜乐，喜乐啊！④

---

① 卷发（curls），音近 curse（诅咒）。

② 参见雪莱长诗《阿特拉斯女巫》(*The Witch of Atlas*，1820)：大女巫乘飞舟漫游，沿尼罗河而下，来到古埃及冥王俄赛里斯的圣地马略奥特湖（Mareotid），抛洒枯萎的鲜花如庆祝婚礼，掀动甜水，唤醒冥府迷宫里醉卧的弄潮儿与水兽（58）。

③ 训诂学（exegesis），本义：带领、领导，一般特指对《圣经》文本的注释研究。

④ 参见《旧约》：义人哪，你们应当靠耶和华欢乐，正直人的赞美是合宜的，你们应当弹琴称谢耶和华，用十弦瑟歌颂他，应当向他唱新歌，弹得巧妙，声音洪亮（诗33：1—3）。

2. 奥秘花园和普通兽类

当诗人昂首阔步在雪茄烟馆，①

瑞安氏餐厅，帽店，保险公司和药房，

他否认抽象是一种恶习除非

对于昏头虫。这些是他的地府的四壁，

一个石砌的空间，具有无法解释的筑基

和飞越一切可能形容词之上的尖顶。

一个人，人的理念，那就是空间，

是真正的抽象，他在其中招摇过市。

在人的理念的时代，维吉尔的

斗篷和言语都落下了，那是他行走之处，

那是他的赞歌们挤攘之处，英雄赞歌，

山岳之声的合唱团和道德的歌咏队，

是欢欣而非神圣但高蹈的欢欣，

是白日赞歌而非星群格律，

歌中颂扬着互相斗争的神的理念

和人的理念，奥秘花园和

普通兽类，天堂花园

———————————

① 昂首阔步（striding），亦即：跨过，参见本诗第 1 章"糖尿病"译注。

和那个创造了花园并使之蕃庶的他。

3. 罗马式教诲①

他要找寻一位世间的领袖，此人
无需盔羽、无需帽徽也立得住，
只是某人之子也是众人之日，
外表为船长，内心是圣徒，

青松、梁栋和教宗，
话语、书籍、深藏的井，
斋戒者的盛宴和近如硕果的明星，
是父亲，是硬鼓的重锤，

他是那个深夜弹响吉他的人，
隐居者，幽闭者，一个波兰佬
在巴黎，"歌唱又哭泣的人，"
一个冬在心里设计着夏，

_____

① 教诲（affabulation），法语词，原指一个寓言故事（fabula）的道德教
诲，也常指戏剧小说的故事编排以及编造虚构等。

而夏被突击，电闪雷鸣中，被照亮，

是掩体又是夏的标枪的投掷者，

他所有属性皆非神，而是人，

人中的人，他们的天堂只在于自己，

不然就是地狱，喷溅着他们的血

和他们垂死呼号的漫漫回响，

一种被歌咏的宿命，在他们未死之前的死亡，

一个唱着哭着却不知道为什么的种族。①

4. 领　袖

看呀，有一位道学老爷

他的婊子是启明星，

身披金银、绸缎和宝石，

丁香，知了，以及他的跳蚤。

他看起一本书一本正经，

直到鼻头渐渐瘦长和紧绷

而知识在他的心头滴落

---

① 参见本诗第 1 章"酒神颂"译注。

锈迹斑斑的毒药，夜已深。

他喜欢看人的高贵之作，
清晨广场周围的金色立面，
明媚光线里流动的青铜色。
他对自己哼唱着这样的计划。

他坐在露水打湿的乞丐们当中，
听几只狗为了干巴骨头狂吠，
独自坐着，他的大脚趾像一把号角，
是这阳光之晨的核心缺陷。

一个世界的组件①

（1942）

---

① 标题原文：Parts of a World，一般可理解为"世界各地"。在史蒂文斯诗
学中，虽然整体由诸部分构成，但诸部分的相加却不能合成一个整体；
如果一本诗集想要呈现"一个世界"，那么一首首诗作就是一个个片段、
篇章，试图拼缀 / 编撰出一个"世界"。参见《蓝色吉他》第 2 章：我
无法带来一个完满的世界，哪怕我已竭力缝补。

地方主题

长尾马驹在松林打响鼻，
巴黎人的马驹在山坡放枪。

风吹呼呼。在风中，声音
具有尚未完全成其自身的形状，

是一位吹手把声响吹成形状，
而吹手硬挤出最薄的假声"咪"。

猎人们来回地跑。沉甸甸的树林，
呼噜着的，拖拽着的枝条，健硕者，

夜行者，古旧者，那碧蓝的松树

把感知深化到非人类的深度。

这些便是森林。这种健康是神圣的，①
这嗨喽、嗨喽、嗨喽之声压倒了那些叫喊的 ②

人们，那些把四方屋子当成一堆火的人，
那些被雕像折磨和压制的人。

这种健康是神圣的，这自我的高歌，
这强壮者的野蛮的咏唱，这啸鸣。

但这里有拯救吗？在铁罐和纸箱上咔嗒咔嗒的
那些木棍怎样？被风吞食的马儿又怎样？

到了春天，猎人们的骨架子
把自己摊开，在他们的夏日初阳里歇息，

春天会具有它自身的那种健康，它的毛发里
毫无秋季的嗨喽。随后，紧紧跟着，

---

① 健康（health）与完整（whole）是同源词。
② 参见基督教"圣三祷文"：圣哉，圣哉，圣哉（赛6：3、启4：8）。

健康接着健康。拯救便在那里：

那里没有生命这样的东西；若是有的话，

它快过气候，快过

任何特征。它多过任何景象：

断头台或任何魅力四射的绞架。

把世界拼缀起来吧，孩子们，但不许用手。

我们季候的诗

1

清水盛在一只明晃晃的碗里，
养着粉粉白白的石竹花。光线 ①
照在屋里更像雪天的空气，
映着积雪。一种新落的雪
在冬末时节午后回家的路上。
粉粉白白的石竹花——某人的欲求 ②
更多于此。时日本身
被简化：一碗白色，
冷，一件冷瓷，浅而圆，
除了石竹别无他物。

---

① 石竹花（carnations），康乃馨，拉丁词源本义为：肉色、肉感。
② 某人（one），亦即：1、一个，一个整体。

2

比如即便这样一种彻底的简单

剥去了某人的所有折磨，隐去了

那扭歪杂拌的、活生生的"我"，①

并将它刷新于一个洁白的世界，

一个澄澈的世界，棱角晶莹剔透，

但某人还是渴求更多，某人还是需要更多，

更多过一个洁白的雪里飘香的世界。

3

但那永不安宁的头脑仍在持续，

于是某人会渴望逃避，返回 ②

那已经长久编撰的东西中去。③

———————

① 我（I），也可以理解为罗马数字 1，以及 one（一个、某人）。

② 逃避（escape），又指：俏皮话、妙语，诗中可理解为：某人头脑不安躁动，以致感到缺乏妙语，所以要返回过去寻找妙语和安宁。参见莎剧《一报还一报》：哦地位名望，一本本报告流传着虚假和乖谬的揣测，千万句机智的妙语（escapes of wit）把你奉为他们的幻梦的造主，又在空想中把你苦求（Meas.IV.1.60—65）。

③ 编撰（composed），常指写作、排版等，本义：把各个部分组合为一个整体。某人此刻想返回那久已编撰／组成的不圆满的世界，沉溺旧梦，满足于未完成，不再重新去追求另一个完美。

不完美是我们的天堂。

需知，在这样的辛辣中，有着喜悦，

既然我们身上的不完美如此热烈，①

那些蹩脚的言辞和顽劣的声音便充满欢愉。

---

① 热烈（hot），或炎热、火辣，参见本诗第1章设定的冬雪气候、石竹花／肉色、某人的欲求。

雪梨试作

1

教学小品。
雪梨不是提琴、
裸女或酒瓶。
它们不像任何外物。

2

它们的黄色形状
由曲线构成，
向着底部鼓胀。
它们泛红。

3

它们不是只有曲线

轮廓的死板平面。
它们浑圆，
向着顶部收窄。

4

在它们效仿的过程中
有些许蓝。
一枚干巴巴的枯叶
挂在树枝上。

5

黄色耀闪。
它耀闪着各式各样的黄，
香橼的、柑橘的、绿叶的，
都在表皮上绽开着。

6

雪梨的暗部
是绿布上斑斑驳驳。

雪梨隐匿

不让观察者如愿。

水之镜

镜熔于火，

水冻成冰，

证明此对象仅为一种状态，

诸相之一，两极之间。亦即，

形而上学来讲，极端是存在的。

镜子竖在中央。光线

是低头饮水的狂兽。在此处

以及在此状态中，镜面即池塘。

它的眼睛红红，它的爪子也红红，

当光线照下来濡湿了它冒泡的喉咙

并在漂摇的水草里迴绕。

但在此处的另一状态——倒影，

"形而上学"，诗集的各个塑形部分 ①

————————

① 塑形（plastic），参见柯勒律治名言：想象，可塑性能量。

在头脑里碰撞——但是，心宽体胖的人呀，若
担忧

那个竖在中央的东西，却不是镜子，

而是我们生活的中心，这时刻，这时日，
它是一种状态，这个让政客们聚齐了
打扑克的春天。在一个原住民村落，
某人仍旧会去探索。在犬只和粪便当中，
某人会继续与某人的理念作斗争。①

_____

① 作斗争（contend with），音近 content with（感到满意、知足）。

人和瓶子

心灵是冬季的大诗篇，而人，
总想找到一个足够，①
便毁掉玫瑰和冰霜的
浪漫廉租房，

于战争之地。比人更大的，那是
一个煽动千万人群怒火的人，
一道射在万光中央的光，
一个人群中央的人。

那就要满足攸关战争的理智，
那就要证明战争是它自身的组件，
是一种思考方式，一种

---

① 参见惠特曼《草叶集序》：无论大自然或蕃庶的州郡或街道或汽轮或兴
旺的工商业或农场或都会这些都不足以成就人的理想……不足以成就诗
人，任何怀旧都不足够。

破坏方式，正如心灵也在破坏，

是一种厌弃，正如这世界也抛弃了
一个旧的妄想，一段旧的与太阳的恋情，
一次不可能的与月亮的越轨，
一种和平的粗暴。

那不是白雪如羽笔书写，也不是纸页。
这首诗要扫荡，比风更猛烈，
正如心灵，总想找到一个足够，便毁掉了
玫瑰和冰霜的浪漫廉租房。

论现代诗

心灵的诗在这一幕要找寻 ①

一个足够。它并不总是非要去

寻找：场景已设定；它可以复述

脚本上的台词。

　　　　　　但剧场已被改成

别的样子。它的往昔只能留念。

它要鲜活，要学习当地方言。

它要正视当时的男人还要约会

当时的女人。它要思考战争

而且它要找寻一个足够。它要

构建一座新舞台。它要站在这舞台上，

然后，像一个永不满足的演员，缓缓地、②

_____

① 幕（act），也可理解为：行动。
② 演员（actor），本义：行动者；这心灵的诗就像一个永不知足的行动者
　不断去找寻。

沉思地，把言语说给一个耳朵，

那最为精密的心灵之耳，准确地

复述它想要听的东西，以其本来的

声响，有一位无形无体的听众，它听的

不是表演，而是自己，而剧中表达的

一种情感既同属两个人，又如两个

情感合为一体。这位演员是

一个玄学家，他在幽暗里奏响①

乐器，奏响一根金弦，发出的铿锵

回荡在那些出人意料的恰切之处，全然

把心灵容纳，低于此的它无法屈就，

高于此的它也不肯去攀附。②

　　　　　　　　它必定

要去找寻一个心满意足，也许

是男人溜冰，女人跳舞，或者

梳头。这心灵的行动的诗。③

---

① 玄学家（metaphysician），参见"玄学诗"（Metaphysical poetry），以约翰·多恩为代表的 17 世纪英国诗潮，多抽象、智性、奇谲，受到 20 世纪现代主义诗人的重新重视。

② 参见《蓝色吉他》中有关音乐/艺术与"如其所是"之间辩证关系的论述。

③ 梳头（combing）也引申为：仔细整理、搜寻。

往夏季运送

（1947）

隐喻的动力 [①]

你喜欢待在秋季的树林，
因为万物都半死不活。
风像一个瘸子在落叶里挪动，
重复着没有意义的词。

同样地，你在春天感到喜悦，
四分之一的事物有了一半色彩，
微微亮起的天空，轻柔的云，
只单的鸟，迷朦的月光——

迷朦的月光照着迷朦的世界，
它从不把事物完全表露，
你的自己也不会完全成为你自己

---

① 隐喻（metaphor），本义：运送、转换，用一个词来传递另一个意思；
参见 trope：转动、转义、比喻。

而且没这需要也没这必要，

只渴望诸多变化带来的激越：
隐喻的动力，在那原初
正午的重压之下退缩，
生命的 ABC，

暗红的锻件，红蓝色的
锤子，硬邦邦的声响——
钢铁与暗示碰撞——耀眼的一闪，
这维生的、自大的、要命的、统治性的 X 。

粗野家园 ①

思想是虚假的幸福；理念

不过是设想一个人能够，

或可能，洞察到，不是可能，

而是能够，一个人确实有能力——

在远方，位于思想的末端，

有一片精神的家园坐落在

心智的风景之中，在那里我们安坐

并戴上人性的凄冷冠冕；

在那里我们阅读乐园批判

然后说这种作品不过是

滑稽玩意儿，这种批判；

___

① 家园（foyer），本义：火炉、壁炉，也常指宾馆剧院的大堂，源自拉丁语 focus：火炉、焦点。

在那里我们安坐并呼吸着

来自一种绝对的一种纯真，
虚假的幸福，既然我们使用
眼睛仅仅是作为官能，而心智
就是眼睛，这心智的风景

只是一片仅属于眼睛的风景；况且
我们这些无知之人无能去理解
那极小、较次、至要的隐喻，内涵，
到最后，在远方，当它终于变成这里。

夏的信念 [①]

1

如今仲夏来临，愚人皆已屠没，

春的狂暴结束了但还远未

吸入第一口秋气，年幼的雏仔

窝在草丛里，沉甸甸的玫瑰坠满

芬芳而心灵歇下了它的烦恼。[②]

此刻心灵歇下了它的烦恼并思量着。

躁动不安的回想得出这一点。

这是某个确定年份的最后一日，

过了之后便再也没有剩下的时间。

———————

① 信念（credences），一般指主观上相信、接受、承认为真实；又，音近
cadences（韵律、抑扬顿挫）。这一组诗主要由抑扬格五音步五行诗节组
成，用同一诗体展示了多种技巧。

② 参见古罗马诗人卡图卢斯：无比舒畅啊当烦恼释放，心灵卸下它的重
担，在长途跋涉终于归家的时候（Catullus 31）。

它得出这一点也得出了想象力的生命。

再也没有更深的铭记，无论思想或感触，
这一点必定慰藉内心的深处，以抵御
它的虚假灾难——这些父亲站成一圈，
这些母亲在抚摸、在说话、在靠近，
这些恋人在柔软的干草里等待。

2

推迟夏的解剖学吧，一如
形体上的青松，形而上的苦痛。①
让我们看见事物本身吧，不及其余。
让我们看见它吧，以视觉的烈火。
将与它无干的一切都烧成灰吧。

描摹那白炽的天空中金色的太阳吧，
却不需哪怕一个隐喻来作遁辞。
看看处于本质性荒芜的它吧

———————

① 形而上（metaphysical），本义：物理学之后的（课程），诗中指解剖课
之后。松/痛的原文为同形词：pine。

然后说这个，这个才是我要寻求的

核心。在永恒的叶丛将它固定吧

并在叶丛中填满被阻滞的和平，[1]

持久不懈的欢愉，对仍有可能的变化

保持恰当无知。对不存在的东西

无欲无求。这就是荒芜，

那丰沃之事再也无法达成。[2]

3

它是整个世界的自然高塔，[3]

一个瞭望点，绿之绿的巅峰，

但是一座塔本身比视野更宝贵，

一个瞭望点如王座般雄踞，

万物的轴心，绿的巅峰

以及最幸福的乡土，喜歌常闻。

---

[1] 和平（peace）的词源本义：捆绑、固定、牢固的状态。

[2] 古希腊罗马的和平女神像一般象征太平盛世带来丰产、繁荣。

[3] 史蒂文斯家乡雷丁市东边的佩恩山（Mt. Penn）顶上有一座红色的日本
式宝塔，可俯瞰城市及远郊。

它是那高塔所矗立的山岳，

它是最终的山岳。在这里太阳

彻夜无眠，吸着他专属的气，安歇。

这便是那结局所创造的庇护所。

它是站在高塔上的一位老者，

他不读书。那红润的古稀

汲取着红润的夏季而老怀大慰，

因为有一种理解应验了他的年齿，

一种对万事都无能为力的感觉。①

4

现实的诸种限度之一

在欧莱呈现出自己，当草料②

被长日烤干，堆进谷仓。这片土地

对谜语而言太过老熟，太过静谧。

它的辽远会挫败那洞察千里的眼睛，

_____

① 佩恩山宝塔顶层有一口来自日本佛寺的铜钟，铭文为七律汉诗，大意：
药山钟声玄又玄，响彻碧落黄泉六道轮回，惊醒众生烦恼迷梦，传遍
八十方诸佛土和大三千世界。

② 欧莱（Oley）是雷丁市东北的一片山谷，18世纪初便有德、荷、法裔新
教徒来此定居，包括亚伯拉罕·林肯、丹尼尔·布恩等人的先辈。

而耳朵的次级官能则会蜂拥塞满，

不是次级的声波，而是合唱，

不是召唤只是最后的合唱，最后的声响，

没有混入别的东西，满满当当，

一种不需要辞藻的语言的纯粹修辞。

事物都在那个方向停止，随着它们停止

那方向也停止，于是我们便接受了

在者即是善。极致者必定同为善与在，①

而且是我们的幸运和林中的蜜巢，

以及一场盛典里缤纷淆乱的色彩。

5

一天丰富着一年。一个女人使得

其他女人低头。一个男人成就一个种族，

高傲得像他一样，像他一样持久不竭。

或许是其他的日子在丰富这一天？

而那位王后是否像表面上那样卑贱，

---

① 参见黑格尔：凡合乎理性的东西都是现实的，凡现实的东西都是合乎理
性的。

她才是整个族群的仁慈又威严的陛下？

那毛茸茸的士兵已久经风霜，他隐现

在日光里是一种子形式也是大地

儿女的一员，生得轻易，它的肉体，

绝无吹嘘。这片不仅仅偶然的蓝 ①

包含着一年和其他年月以及赞歌

和人民，没有纪念品。这一日

丰富着一年，不是作为装饰。

剥去了回想之后，它展示它的力量——

青年，强健的子孙，英勇的威能。

6

磐石坚不可摧。它是真理。②

---

① 吹嘘（fustian），本义：粗布、工装；又，音近 Faustian：浮士德式的、不惜代价地孜孜以求。偶然（casual），也指休闲服，如蓝布工装；又近 causal：因果。
② 基督教常把上帝比作磐石，如《旧约》：耶和华是我的岩石，我的山寨，我的救主，我的神，我的磐石，我所投靠的（诗 18：2）。参见约翰·牛顿（John Newton, 1725—1807）所作赞美诗《美哉锡安》（*Glorious things of thee are spoken*）的开头部分，大意：锡安圣城，你的千般荣耀受称颂，上帝的话语坚不可摧，将你筑成他的居所，建在万古磐石上，谁能动摇你的牢固根基？

它从大地和海洋升起并覆盖它们。
它是山岳，一半郁郁葱葱还有，
另一半无边无际，这样的磐石
与平和的空气相称。但它不是

隐修士的真理也不是隐修院的符号。
它是看得见的磐石，也听得见，
是一个牢固根基所具有的灿烂仁慈，
就在眼前这场地，最蓬勃的根基，
是确切事物给我们确切的支撑。

它是夏的磐石，是极限，
这山岳的一半璀璨地绽放
还有一半在最极限的光中
沐浴着那中天之上蓝宝石的辉耀，
仿佛十二豪杰坐在王者面前。

7

在远远的林中他们唱过不真实的歌，
无忧无虑。很难当着对象的面
歌唱。歌手们必须避开自己

要么就避开对象。在深深的林中
他们在公共用地上唱过夏天。

他们唱过渴望一个对象走近前来，
但当着面的时候，渴望却不再动弹，
也不肯让自己变成那求之不得的……
三番五次，聚精会神的自我才有所把握，
三番五次的三倍聚精会神，抓住了

对象，以凶猛的审视将它攥紧，
一次俘获，一次将其降服
或听凭摆布，一次是宣告了
这种捕捉的意义，这难得的奖赏，
已完全达到，完全显现，完全探明。

8

那报晓的号声响彻着云霄
和天际。它是肉眼可见的宣报，
它是不仅仅可见，不仅仅
明艳、辉煌的景象。号声高鸣：

这是那不可见者的继任。

这是它在精神谋略上的
替代者。在视力和记忆中，
这必定取代它的位置，如同可能
取代不可能。那回荡的高鸣
像一万个滚筒滚滚而下

来分享这一日。那号声假定
有某种心灵存在，意识到区分，意识到
它的高鸣嘹亮清晰，它的语言方式
如同站在群众中的一位大人物：
人的心灵在不真实中渐渐德高望重。

9

低飞吧，灿烂的雄鸡，栖上豆竿。
让你的褐色胸羽红艳吧，当你等待暖阳。
用单眼瞄准垂柳，一动不动。
园丁的猫已经死了，园丁已离开，
去年的花园里长满淫荡的野草。

一座情感综合体分崩离析，①

在废弃所。温柔、和蔼的鸟儿，

你眼中的衰败：既与被安排者有关

也与被安排者的精神有关，"甜蜜，

忧伤，"生与死的基底，美妙的丛林

和优雅的野兽，这个综合体分崩离析。

当你栖在豆竿上，或许，你会觉察

另外情感的另一座综合体，没有

那么温柔、和蔼，然后你发出一点声响，

这声音不属于听者自身感官的一部分。

10

夏的剧中人所扮演的那些角色

出自一个非人类作者，当夜色深深，

他和金甲虫一起冥思，在蓝色的草地。②

他听不见他的角色们交谈。他看到

他们形形色色，身穿最情绪化的服装，

---

① 综合体（complex），也指心理学上的情结。

② 参见爱伦坡短篇小说《金甲虫》（*The Gold-Bug*，1843），被这种虫咬过
的人会陷入狂想。

有蓝有黄，有天空和太阳，束腰
和绳结，绶带和拼缝，一半有红色垂条，
一半有绿色垂条，跟浩大的礼仪
相宜得体，这个时代的风尚，
夏之总体的形形色色情绪的一部分，

角色们在那里说话是因为他们想
说话，这些肥乎乎、红彤彤的角色
一时间得以摆脱恶意和猛然叫喊，
在一个完全的场景中完成，说出他们
担纲的部分，如同在青春欢悦之中。

至高虚构札记 ①

致亨利·丘奇 ②

除了你，我还能对什么感觉到爱？③

难道我会把最聪明人的最偏激著作

紧贴在身上，日日夜夜藏在心里？

在那单一而确定的真理的不确定的光中，

它活灵活现的变换也与光华不遑多让，④

在其中我与你相会，在其中我们安稳坐下，

有一瞬间，在我们生命的中心，

你带来的生动的透彻性便是和平。

---

① 虚构（fiction），拉丁词源 fictio 本义：做、塑造，引申为捏造、编造、想象等；参见史蒂文斯早期诗《致一位高调门的虔信老太》(1922) 第 1 行：诗歌是至高的虚构。标题参见同时期 T.S. 艾略特论著《文化定义札记》(*Notes Towards the Definition of Culture*, 1948)，其中对高雅文化和通俗文化进行了区分，并认为文化正在衰退，我们将进入一个没有文化的时代。

② 丘奇（Henry Hall Church, 1880—1947）是一个富翁、文化活动家、现代艺术赞助人、史蒂文斯好友，二战前常居法国。

③ "你"指"最高虚构"，史蒂文斯对这个概念已经思考了三十年，最终才得出这份名为"札记"的长诗。

④ 阴晴圆缺的月光是对确定的太阳光的不确定反射。

它必定抽象

1

起初，小子，先来了解一下 ①

这个发现，这个发现的世界的理念， ②

关于太阳的不可思议的理念。

你必须重新变成一个无知者

并重新用无知的眼睛看见太阳

并按它的理念把它看得清晰。③

_____

① 小子（ephebe），原指古希腊城邦中接受军训暨成年礼的 18—20 岁男子，他们要学习爱惜荣誉、团结同志、保卫家园、建设城邦、遵守法律、敬奉神明等。

② 发现（invention），拉丁词源 inventio 本义：寻找、发现，一般可理解为：发明、虚构，诗中指文学上的开题，即本诗序章所述。"开题"（inventio）是西方古典修辞学五则中的第一步骤，亦即分析材料情势、从中"发现"有效的论点立意，有一整套的教学训练，开题术（ars inveniendi，发现的艺术）后引申为学术研究的入门方法。

③ 亚里士多德等古代学者认为，修辞学是辩证法的对应，它本身不具有知识性，没有特定主题和立场，但却是发现真理的重要工具，能够让真理更透彻明晰、更有效传达。

不要去设想什么善于发见的心灵

来充当这个理念的源泉，不要为此安排

一位著作等身的大师在火中盘腿。

多么洁净，当太阳按它的理念被看见，

当它在一个天国的久远清洁中得到洗涮，

哪怕其中已涤除了我们及我们的形象……

某一个神的死便是所有的死。

让紫色的光明神倒在暗褐的收获中吧，①

让光明神沉眠并死于秋之暗褐，②

光明神死了，小子。但光明神 ③

本是那不可命名之某物的名字。

---

① 光明神（Phoebus，福波斯），希腊语本义：光明、明亮者，是古希腊罗
   马神话中阿波罗作为太阳神时的名字。Phoebus 也是 ephebos（小子）的
   换音变位词（anagram）。

② 暗褐（umber），源自拉丁文 umbra：影子、暗部，比如日全食时地球
   处在月球的本影区；秋之暗褐（autumn umber），音近 antumbra：前影、
   伪本影，比如日环食时地球处在月球的伪／拟本影区。

③ 参见尼采《快乐科学》：佛陀死后，人们在洞穴里千百年展示他的影子，
   巨大可怕的影子，上帝死了，人类也会在洞穴里千百年展示他的影子，
   我们尚未克服他的影子（§108）；上帝死了，上帝真的死了，是我们杀
   死了他，我们都是凶手（§125）。

曾有过关于太阳的方案，且仍有。①

有一个关于太阳的方案。太阳
必须不具其名，金光绽放者，永处于
不知它究竟将为何物的难题之中。

2

正是对那些隔间的无上倦怠 ②
把我们送回最初的理念，这个发现的
内核之中；然而毒害深重的是

对真理的狂迷，甚至威胁到 ③
真理本身，而最初的理念成为
遁世者，寄身于一个诗人的隐喻，

整日里重重复复又重重复复。

---

① 方案（project），也可理解为：投射、投影。
② 隔间（apartments），本义：分开、分隔，一般可理解为：公寓，诗中指
人与人、人与世界之间的分隔，以及真伪、是非、善恶以及光明和黑暗
之间的区分。修辞学也讲对比区分法，但对主题不持立场。
③ 狂迷（ravishments），也可理解为：诱拐、强奸，如古希腊神话中常见
的掳走美人海伦等。

那会对最初的理念产生一种倦怠吗？

惊世骇俗的大学者啊，那会产生什么？

寺院中人是艺术家。哲学家

在音乐里指定人的位置，比如今日。

但牧师有欲望。哲学家有欲望。

不曾拥有是欲望的开端。

拥有乌有之物是它古老的轮回。

它是冬季尽头的欲望，当它

观察到那轻盈的天气渐渐变蓝

并看到它树丛上的勿忘我。①

作为男高音，它听见月份牌的圣歌。

它知道它拥有之物只是乌有之物

便把它丢开，就像另一个时节的东西，

如同清晨丢弃了陈旧的月光和破败的睡眠。

_____

① 勿忘我（myosotis），一般春天开花，多为蓝色，如天蓝；又形近 mystic：神秘、秘教。

3

诗歌提振生命好让我们分享，

在那么一瞬，最初的理念……它满足了

对一个无玷起源的信奉

并用无意识的意志给我们插上翅膀，

送往一个无玷的终局。我们移动在这些点之间：

从刚开头的直白到它后来的众多 ①

而它们的直白令人欣喜若狂，

我们从所思中有所感觉，思想

在心脏里跳动，仿佛血液新鲜涌起，

一服灵药，一次激发，一股纯粹的力。

诗歌，通过直白，把力量重新带回，

给万物赋予一种直白的天性。②

---

① 直白（candor），本义：洁白、白炽、纯真等。白是单一、抽象的，多
是复杂、具体的。另参见莎剧《维罗纳绅士》中指责对爱情的背叛：你
如今有两个忠诚，比没有还糟，没有忠诚总好过有一个以上的多个忠诚
（Gent.V.4.50—52）。

② 天性（kind），本义：小孩、子嗣、亲人，引申义：种属、类型。诗中也
可理解为：诗歌让万物都怀上一个纯真的孩子，如圣母玛利亚无玷受胎。

我们说：晚上有个阿拉伯人在我屋里，

用他该死的呜啦呜啦呜啦嘀

题写一部原始的天文学，①

横过那未来所投射的未经人涂鸦的前景，

并把他的星辰扔得满地都是。到白天

这疯鸽鸽一向爱唱他的呜啦呜

而海洋上那最浓重的虹彩

仍呜呜嗷嗷升起又呜呜嗷嗷落下。

生命之无意义贯穿着我们以奇特的关联。②

4

最初理念不属于我们。亚当

在伊甸园是笛卡尔的父 ③

而夏娃把空气做成了自己的镜子，

---

① 中古时期的阿拉伯天文学在全世界领先。

② 关联（relation），本义：讲述、讲故事。人与人之间即便不通过相熟相
知也有关联，甚至原本貌似无关联的事物，也因无聊的生命或生命的无
聊在隐喻／诗歌中被联想到一起。

③ 笛卡尔代表理性主义。

以及她的儿女们的镜子。他们看到自己

在天国如在镜中；第二个世界；①

就在这个世界他们发现了一种绿——

生息在一片油光可鉴的绿中。②

但最初的理念并不是要通过摹仿

塑造云朵。云朵先于我们。

早在我们呼吸之前便有一个泥潭中心。③

早在那神话开始之前便有一个神话，

古雅庄敬、清顺畅达、齐备周详。

---

① 镜中得来的知识是次级的、有限的，参见《新约》：我们如今仿佛对着
镜子观看，模糊不清，到那时，就要面对面了，我如今所知道的有限，
到那时就全知道，如同主知道我一样（林前 13：12）。镜像之于原物是
第二个世界（second earth），亦即从属、次生、次级、引申的，如月光
是日光的反射，绿色是黄蓝的合成；另，second（第二）同形词意为：
秒、一瞬间，第二世界亦即转眼即逝的尘世。

② 油光可鉴（very varnished），亦即上了一层清漆、光油，也有虚饰、浮
华的意思。诗中主要以 v 头韵来暗示"绿"的拉丁语系同义词如：
viridis、vert、verde 等。另，varnished（油光）音近 vanished（消逝、
破灭）、vanquished（挫败、被抑制）；又，德语 Lack（清漆）在英语意
为：缺乏。油亮可鉴的绿，即如镜的水面，参见弥尔顿《失乐园》：夏
娃在绿色湖边见到水中倒影仿佛另一个天，并为自己而陶醉，便开始受
到了撒旦诱惑（IV.449—469）。

③ 参见《旧约》：神创天地时，野地还没有草木，还没有降雨在地上，但
有从地下涌出的水，滋润遍地，神用这地上的尘土造人，将生气吹进他
鼻孔，他就成了有灵的活人（创 2：5—7）。

诗歌正是从此喷涌：我们生活的处所

并不属于我们，甚且，并非我们本身，

即便有过纹章记述的日子也是艰苦难捱。①

我们是效颦者。云朵是教育家。

空气不是一面镜子而是空空白板，

后台的光和影，悲剧的明与暗

以及那玫瑰的喜剧色彩，在其中

深渊的管弦奏响，声如叽叽，②

那便是我们给它们添缀的笼统含义。

5

那狮子怒吼于狂暴的荒野，

以他的红色的喧嚣染红了沙地，③

---

① 纹章记述（blazoned），指西方传统纹章的描述法，略如"左青龙、右白
虎"等，有一整套专用术语、句法，可依据描述重绘特定纹章图案；下
文及第 5 章均可视为某种纹章记述的戏仿。另，blazon（盾徽）音近德
语 blasen（吹、吹奏、吹牛、泡泡）、法语 blasé（腻味、厌倦）。

② 深渊（abysmal）可指音乐非常低沉，也可理解为：糟糕透顶的。叽叽
（pips），常指鸡雏鸣声、电台讯号声，另，形近 pipes（笛）。

③ 狮子是西方传统纹章中的常见形象，红狮可见于苏格兰、卢森堡纹章。

激惹着红色虚空以发展他的对手，

凭尖牙利爪以及长鬣毛而称雄的，
最温顺的挑战者。大象
以嘶鸣突破了锡兰岛的黑暗，①

一张张池塘表面上闪动的涟漪，②
震荡着最丝滑的远方。狗熊，
笨硕的肉桂，嗷叫在他的山林③

于夏雷震震之时，又在冬雪里沉睡。
但你啊，小子，你在阁楼窗户里张望，④
你的蒙萨式顶层配有租用钢琴。你躺在⑤

———————

① 嘶鸣（blares），音近德语 Blitz：闪电、闪电战、大轰炸。
② 水池（tanks），原指印度一带的人工湖、小水库，也可指：坦克。
③ 肉桂色黄褐，略如棕熊的颜色；在大航海时代，肉桂主要从锡兰（斯里兰卡）输往欧洲。
④ 阁楼（attic），原指古希腊以雅典城为中心的阿提卡地区、及其高雅清正的古典风格。旧阁楼文艺青年的生活方式可参见施皮茨韦格绘画《落魄诗人》（Carl Spitzweg, *Der arme Poet*, 1839）、普契尼歌剧《波希米亚人》（1896）。
⑤ 蒙萨式顶层（mansard），以建筑师蒙萨（Francois Mansart）命名的复斜式屋顶，19世纪中后期巴黎市区多层公寓建筑典型风格，在美国东部大城市也常见，它的顶层/阁楼空间更宽敞，不乏高级公寓。

你的床上沉默不言。你攥着一角

枕头在手里。你拗扭着拧巴着

一段苦楚的言辞，用你那拗扭的、鲁钝的、①

但又振振有词的鲁钝暴力。你张望②

在那些屋顶之上，如封印亦如监守，

并在你的中央标出它们然后却被吓住了……③

这些都是英勇儿郎，时间养育了他们

与最初的理念相抗衡——鞭打狮子，

给大象披妆着锦，教狗熊玩杂耍。

6

未曾认识它只因未曾④

目睹，未曾爱或恨只因

---

① 言辞（utterance），同形词意为：终结、极端、过激（outrance）。
② 振振有词（voluble），拉丁词源本义：扭扭转转、变化无常。
③ 可能指在魔法罗盘上标注各种神鬼封印（召唤符文），然后自己却被屋顶的五脊六兽吓倒。
④ 认识（realized），也可理解为：实现、把抽象观念变成实在或视同为实在，比如艺术家的创作，参见法语同源词 réalisé。

未曾认识。弗朗茨·哈尔斯的气象，①

挥毫于那些挥毫的云中的挥毫的风，
为蓝而湿漉，因白而尤冷。未曾
被人言及，没有屋顶，没有

初熟的果子，没有灵鸟的维贞琴，②
暗拂的裙带已经松解，但未曾捐弃。③
喜乐是，喜乐总是，喜乐连翘花④

---

① 哈尔斯（Franz Hals，应指 Frans Hals，1580—1666），荷兰画家，以愉
悦、生动的人物肖像著称，他风格奔放，不修饰创作痕迹，笔触历历可
见，对后来的印象派画家很有影响。但哈尔斯的传世名作多为室内肖
像，仅少数几幅人物画以一角云天气象为衬托背景，因而是未曾被认识
或实现的。以云天风景著称的同时期荷兰画家是雷斯达尔、霍贝玛等。

② 初熟的果子（first fruits）是丰收节祭品，荷兰静物画常见的蔬果盘题材的原
型，在基督教中还象征审判、复活等，参见《新约》：基督已经从死里复
活，成为睡了之人初熟的果子……初熟的果子是基督，以后在他来的时候，
是那些属基督的（林前 15: 20—23）。维贞琴（virginal），流行于 16、17 世
纪一种小型古钢琴，面板上一般有风景画装饰，同时期荷兰画家弗梅尔的
作品中出现过多次，用色明亮、鲜艳；另，本义：处女，如智慧女神雅典
娜、圣母玛利亚的形象常有神鸟伴随，但不是荷兰新教徒画家的典型题材。

③ 同时期荷兰画家伦勃朗有系列历史题材（圣经、神话）裸女画，如苏散
拿、拔示巴、达娜厄等，略带情色。但总的来说，荷兰黄金时期绘画主
要表现当代世俗生活，不注重历史题材。

④ 诗学又称"快乐科学"（gay science），源自文艺复兴时期普罗旺斯
的快乐科学诗会（gai saber）；参见尼采《快乐科学》（Die fröhliche
Wissenschaft, la gaya scienza）：你此刻活着以及曾经活过的人生，你要
再次、无数次地重活一遍，其间毫无新意，一切喜怒哀乐按原样不断重
来，存在的沙漏一遍遍翻转（§341）。连翘（forsythia）初春开花，满
树金黄；另，音近 for scythe：付诸钐镰，即死神。

以及明黄，明黄冲淡北方的蓝。

没有名字也没有什么欲求，

但愿能想象只要能好好地想象。

我的房屋在阳光里有了些许变化。

玉兰花的芳馥渐渐靠近来，

弗其影，弗其形，弗惟近乎亲。

它必可见或不可见，

不可见或可见或皆然：

眼睛里的同一个见又不见。

气象和那气象的巨人，

且说气象，纯气象，纯空气：

一个血性的抽象，如人之有思想。

7

没有那巨人，那最初理念的思想者，①

---

① 在古希腊神话中，提坦巨人普罗米修斯（Prometheus，意即：先思者、
先见者）盗取天火救助凡人，让人拥有创造力，后被宙斯缚于高山，每
日叫神鹰啄食他的肝脏。

同样也感觉很好。或许

真理有赖于一次湖边的散步，

身体疲乏时的一次放松，停下来

看看肝叶草，停下来观察 ①

一个定义的渐渐确切，同时也是

在那确切性中的一次等待，一次休息，

在那些围绕着湖水垂摆的松林中。

或许也有些天生卓越的时机，

当雄鸡啼于左旁，万事 ②

如意，无量数的平衡，

其中有一款瑞士产精品

还有一种熟悉的机器音乐

树立其热狂，而非平衡， ③

不是我们力求的，而是就那样发生的平衡，

---

① 肝叶草（hepatica），因叶如肝状而得名，中文名：獐耳细辛。

② 古罗马人迷信鸟占（auspicium ex avibus），鸡啼于左一般是凶兆。

③ 热狂（Schwärmerei），原文为德语，本义指蜂群、鸟群一般密密麻麻。

如同男人和女人相遇然后就马上相爱。

或许，有一些契机意味着觉醒，

很极端、很侥幸、很私人的，在其中

我们远不止觉醒，坐在那睡梦的涯际，

如同被提到一个高处，并目睹着

座座学院仿佛在迷雾中拔起的建构。①

8

我们能不能凑出个城堡—要塞—家宅，

哪怕求助维奥莱–勒–杜克，②

并把麦卡洛设为那里的大人物？③

最初的理念是一个想象之物。

在堇色空间里俯趴的那能思的巨人④

---

① 学院（academies），源自柏拉图在雅典创立的阿卡德米学园；法国文学
史上卓有影响的诗会组织也称为"学院"，如快乐科学诗会（Consistoire
du Gai Savoir）、花神节诗会（Académie des Jeux floraux）。
② 杜克（Eugène Viollet-le-Duc，1814—1879），法国建筑理论家，曾主持
巴黎圣母院、皮耶枫城堡等著名古建筑的整修或重建，著有《法国古建
筑辞典》《人类居住史》等。
③ 麦卡洛（MacCullough）是一个苏格兰姓氏。参见爱默生《美国学者》：
伟人成伟业，无论麦克唐纳身居何处，都是坐在首席位置。
④ 俯趴（prone），参见法语 prône：宣扬、说教、讲道。

也可以是麦卡洛，一个权宜，

逻各斯和逻辑，晶澈的假说，①
是起首以及说出那词语的一种形式 ②
以及那词语中所有潜藏的双关，

美之语学者。但麦卡洛就是麦卡洛。
它并不跟着说大人物也是人。
如果麦卡洛本人懒懒躺在海边，

沉溺于它的冲刷，在涛声中阅读，
最初理念的那位思想者，
他也许就养成习惯，不论从波浪或语词，

或那波浪的伟力，或深化了的言语，
或一个更精瘦的生命，正向他靠拢着，

———————

① 逻各斯（logos），源自希腊语 λόγος，本义：词语、言语、思想、理性
等，在英语中常译作：Word（词语、道）。逻辑（logic），源自希腊语
λογική，亦即"逻各斯"的形容词形式。假说（hypothesis），在逻辑学
上也译为：假言，在本诗中，它是透彻的。
② 起首（incipit），拉丁文本义：开始、起初，指某篇章开头的第一
个短语，在古籍中常作为小标题，用花体字图案化书写；同源词：
principium（起初、原理），参见《新约》：太初有道，道与神同在，道
就是神（约1：1）。那词语（the word）即"道"、逻各斯。

却带着更宏大的天资和理解力，

仿佛那些波浪始终未曾被打断，
仿佛那语言猛然间，轻易地，
说出了它曾经艰难着说过的事物。

9

浪漫的吟诵，宣扬的超感力
都是神格化的局部，恰如其分
又名副其实，成语如是说。

它们不同于理性的噼里啪啦，那种实用
闪光术。但神格化并非 ①
那位大人物的起源。他驾到，

从理性中，紧固着不可战胜的金箔， ②

---

① 闪光术（enflashings），生造词，音近 enfleshing（具体化、道成肉身），
另参见 inflation（充气、膨胀）、inflaming（燃烧、激情）。
② 金箔（foils），比如雅典卫城的雅典娜巨像上曾经包裹着大量金片，又
如 G.M. 霍普金斯诗《神恩至大》（God's Grandeur, 1877）第 1 句：神
恩至大充盈世间，它熊熊燃烧如闪闪摇动的金箔；另，同形词意为：挫
败、缺陷、钝剑、击剑术。

半夜里被那勤勉的眼睛照亮，①

裹在幻梦的襁褓里，那思想的嗡嘤②

对象在头脑中闪避，

躲开其他思想，他偎依着

一个因那触摸而永远宝贵的乳房，

为着他，四月的善才深情地降下，③

降下，雄鸟们都在那时节啼响。

我的女士，为这个人唱起精确的歌吧。④

他是且也许是但却是哦！他是，他是，

被感染的往昔的这个弃儿，多伶俐，⑤

多动人啊，他的手部姿势。⑥

---

① 勤勉的眼睛（the studious eye），可理解为猫头鹰，智慧女神雅典娜（密涅瓦）的象征。

② 参见《新约》：你们要看见一个婴孩，包着布，卧在马槽里，那就是记号了（路2：12）。

③ 参见 T.S. 艾略特《荒原》（1922）第 1 句：四月是最残忍的时节，从死地中孕育着丁香，调配着记忆和欲望，用春雨催动迟钝的根芽。

④ 我的女士（my dame），可能暗示圣母马利亚（Notre Dame）。

⑤ 被感染（infected），也指被传染、污染、玷污等，如不光彩的历史；另形近 inflected：弯曲、屈折、词形变化，如过去时态，曲变的往昔。

⑥ 比如米开朗琪罗的西斯廷天顶画《创造亚当》中亚当伸手与上帝接触的姿势。

但不要看他那双有色的眼睛。不要

给他命名。要把他搌出你的想象。

他的热力在心中才最纯粹。

10

重大抽象是关于人的理念

而大人物是其表表者，他在抽象中

更强干，胜过在只单的时候，

作为原理比作为分子更能生养，①

生养快乐啊，繁花丰茂之力，

作为生命更胜于作为特例、部分，

哪怕一个英勇的部分，也总归民众。

重大抽象便是民众。

那了无生气、难以对付的面孔。那是谁？

---

① 原理（principle），本义：开始、基础，参见《新约》：太初有道（约1：
1）。分子（particle），一般可理解为：粒子，本义：最小组成部分，在
基督教中指圣餐分食的一小块饼，但象征整个圣体。

是怎样的拉比，怒对人们的祈愿，
怎样的头领，独自行走着，
最凄惨、最得胜地哭着，

却看不见这一个一个单独的形体，
只看见一个人，穿着旧外套，
和吊裆马裤，穿过市区，

找寻着曾经的所是、曾经的所在？
无云的早晨。那就是他。此人身穿
他那件旧外套和垮塌塌的马裤，

正是要他，小子，要他来塑造和炮制
那最后的典雅，不是安慰
亦非祝圣，而是朴素地提出来。

它必定变化

1

老迈的炽天使，镏金斑驳，在紫罗兰
深吸那指定的芳香，而同时鸽群 ①
在编年史中如魅影腾腾。

意大利姑娘们把黄水仙戴在头上，
炽天使见过这些，早就见过，
在母亲们的发带上，并将再次看见。

蜜蜂嗡嗡飞来仿佛它们从未离开，②

---

① 芳香（odor），音近 oeder（秩序），如 appointed order：班次。参见《旧
约·历代志》：大卫将他们的族兄弟分成班次……这就是他们的班次，
要照耶和华以色列的神他们的祖宗亚伦所吩咐的条例，进入耶和华的
殿，办理事务（代上 24：3—19）；以及《新约》：撒迦利亚按班次在神
面前供祭司的职分，照祭司的规矩掣签，得进主殿烧香，烧香的时候，
众百姓在外面祷告（路 8—10）。
② 蜜蜂（bees），音近 be：存在、生命；仿佛生命从未死去。参见下章第 1 行。

仿佛风信子从未离开。我们说
这也变了那也变了。因而那些恒常的

紫罗兰、鸽子、姑娘、蜜蜂以及风信子
在一个变异无常的宇宙中便是
无常因缘的无常对象。这意味着

夜蓝乃是无常之物。炽天使
是萨图恩上的萨梯尔，按他的想法。①
亦即我们对这凋残景象所感到的不悦

就是它还变化得太少。它有所保留，
它只是在重复。蜜蜂嗡嗡飞来
仿佛——鸽子在空中叽咕。

某种撩情的香薰，一半是肉体，一半
是明显的酸，它懂得自己要什么，
而那嗡嗡是迟钝的，不会闯进妙处。

----

① 原文以 ss 头韵表示对种种神话的讽刺（satire）：犹太／基督教的炽天使
  同时既是罗马神话的农神萨图恩又是希腊神话的林牧神兼色情狂萨梯
  尔……这样的文化变迁是凋残的，重复、没劲。

2

总统敕令蜜蜂为生命

不朽者。总统敕令。但肉身 ①

是否托起它那沉重的翅膀，再次，

承担一个无穷无尽的生命，飞升

越过那最高慢的对立者，

去嗡嗖它的雏儿那嫩绿的言辞？

为什么蜜蜂就该去收复已丢失的皮袋，②

在一个角号里找到低沉的回响，并呜呜

那深不见底的奖杯，新号手接替前辈？③

总统有一盘苹果摆在桌上，

有赤脚的仆役们围着他，而他

---

① 不朽者（immortal），也是法兰西学术院院士的头衔。

② 皮袋（blague），引申为：吹牛、哄骗；音近 Prague（布拉格）、荷兰语 blaag（淘气包）；另参见法语 cul-de-sac（袋子的底部、死胡同）。

③ 奖杯（trophy），同源词 trope 意为：变化、转义、比喻；传说中的圣杯（Holy Grail）能给人永生。号手（hornsman）也指一种南非角蝰（bitis cornuta），与传说中埃及艳后自杀所用毒蛇同类。

把窗帘调校成一个玄学的 t,

于是国家的旌旗都飘扬,在旗杆上
爆开一大片红蓝相间的炫光,劈打着
旗绳。但为什么,当金光怒放之时

春天消灭了冬的残屑,为什么
就该有一个难题要选择回归抑或
在记忆的梦中死亡?难道春天是沉睡?

这份温暖是为着爱人们最终实现了
他们的爱,这是开始,而非重来,这
嗡嗡以及新生的蜜蜂的嗡嗡。

3

杜普伊将军的巨型塑像 ①
岿然不动,即便左近的那些灵车

———————

① 杜普伊将军(General Du Puy),指拿破仑手下的杜普伊准将(Dominique
Martin Dupuy,1767—1798),在他的家乡图卢兹有杜普伊广场和纪念柱;
另,法语 puy 意为:高山、诗会,这个"将军"可理解为中世纪诗会的
优胜者或主席(Prince du Puy)。

载走了它那尊贵广场上的住民。

那马匹的右前腿提起，
在最后的葬礼上，意味着
音乐停止、马匹立定。

每逢礼拜天，律师们溜达在
这座昂昂高耸的肖像面前
研究过往，而博士们，经过细心的

洁身沐浴，物色了虚弱的架子
框定一个悬停，一个永久，但又如此刚强，
这就让大将军显得有些荒谬了，

把他的真实血肉变成一具非人的铜像。①
从不曾有过，从不会有，这样的
一个人。律师们不信，博士们

却说，作为壮丽、辉煌的饰物，

---

① 图卢兹的杜普伊广场大圆柱顶上是一个手持桂冠的少女天使像（图卢兹
圣母），不是人类，也与将军本人无关。

作为老鹳草的一个基座，这位将军，
杜普伊广场的本尊，实际上，应归于

我们的那些更加废退的心理状态。①
什么也不曾发生因为什么也不曾改变。
然而将军到最后也要变成垃圾。

4

两个本质上对立的事物又似乎
互相依赖，如同男人依赖
女人，白天依赖夜晚，想象

依赖真实。这就是变化的起因。
冬与春，以寒冷交合，拥抱
并催生了那狂喜的种种细节。

音乐扑在寂静上就像一种感觉，
一种我们感受着但不理解的激情。

———————

① 废退（vestigial），比如现代人的尾椎是猿类尾巴的废退残余；另参见荷
兰语 vestigen：建立、安置。

清晨和午后双双紧握在一起

而北和南是一对内在的伴侣，
晴和雨是一个复数词，像两个恋人
在漫步中偎依成同一个最葱绿的身体。

在孤寂中那些孤寂的小号声
不是另一个孤寂的回响；
一根细弦为大群的声音代言。①

参与者参与着那改变他的事件。
小孩从他触摸的东西那里获得性格，
他的身体，他的触摸。船长和他的人马

是一体而水手和大海是一体。
跟上啊，我的同伴，我的战友，我的自我，
姐妹和安慰，兄弟和欣喜。

5

那天阔的水中有一座蓝岛，

_____

① 大群（crowd），也可理解为：小提琴（crwth）。

野橘林不断地开花结果

在种树人死后多年。有些青柠还存留 ①

于他的房屋坍塌之处，三棵歪脖子树上重压着

淆乱的绿。这些都是种树人的青金石

和他的橘斑症，这些是他的零度绿，

一种在最绿的阳光里晒得更绿的绿。

这些是他的海滩，他的白沙里的

海香桃，他的漫漫海涂的啪嗒啪嗒。②

这里有一座岛屿超乎他之外，

一座朝南的岛屿，它在那里屹立如山，

像一颗凤梨如古巴的夏日那样辛辣。

在下方、下方，清凉的芭蕉生长，③

沉沉地吊在巨大的芭蕉树上，

---

① 青柠（limes），同形词意为：石灰、边界。
② 海香桃（sea-myrtles），又名香根菊（Baccharis halimifolia），主要分
　布在美国东南沿海滩涂湿地；或指南卡罗来纳海滨度假胜地香桃海滩
　（Myrtle Beach）。
③ 下方、下方（là-bas, là-bas），原文为法语，或作：那边、彼岸。这一章
　像是戏仿导游解说词。

它高摩天际，垂注着凡间的世界。

他经常想起他所从来的那片土地，

整个国家就好像一个大西瓜，粉粉的，

如果看得仔细也可能是一种红。

一个不为所动的人在消极的光中 ①

不能够担当他的劳动也不能死去，

感叹着他早该远离了班卓琴的铿锵。

6

别吼我，麻雀对嘎喇喇的草叶说，②

请你，请你，别吼我，当你鼓吹的时候，

当你在我的枝丛里目睹我的存在。

啊，看！该死的鸫鹩，杀千刀的松鸦，③

———————————

① 消极的光（negative light），常指：从负面的眼光看待，诗中也可能指：
月光。

② 别吼我（bethou me），暂译如此，原文大概是表现鸟鸣的生造谐音词。参
见英语 be thou me（让我成为你）、德语 duzen mich（把我称为你，不要尊
称您，别见外）、法语 tutoies moi（同上）、西班牙语 tuteas me（同上）。

③ 看（ké）、看看（ké-ké），表现另一种鸟鸣的生造谐音词，音近荷兰语
kijken（看）。

看看，叽叽咕咕倒苦水的知更鸟，
别吼我，别吼我，别吼我在我的林间。

竟有那么白痴的戏班子在雨中，
那么多锤舌晃悠却不闻钟响，
正是这些别吼我构成了一个超凡的铜锣。

一个声音反反复复，一个不倦的领唱，
单一乐句形成一大片乐句，看看，
单一的文字，麻石般的单调，

一张单独的脸，像一张宿命的照片，
吹玻璃师傅的命运，冷血的都监，
没有眼皮的锐目，从不做梦的头脑——

这些亟缺演技的戏班子呀，
他们的世界第一片叶子就是
枝叶繁茂的故事，那里的麻雀是一只 ①

石头鸟，从无变化。别吼他，你啊

———————

① 麻雀（sparrow）的拉丁文名 passer，英语同形词常指：过客。

请你，别吼他呀别吼。这是
一个再寻常不过的声音。这将结束。

7

当月亮的光华隐去，我们说
我们并不翼求任何天堂，
我们并不翼求任何诱人的圣歌。

确实。今夜的丁香夸大了
轻松的激情，那个藏在我们身上的爱人
那随时恭候的爱，而我们呼吸的

一种气息只能唤起虚无，绝对。
我们在这夜阑无人的时刻遭逢了
紫色的芬芳，繁茂的盛放。

爱中人喟叹着唾手可得的福佑，

他可以在呼吸间摄入体内，

在他心里保有、隐藏，不为所知。

因为轻松的激情和随时恭候的爱

来自我们属土的肉身以及此时此地

以及我们生活的处所和我们生活的一切所在，

如同升上一个五月夜晚的高云，

如同鼓起那无知者的勇气，①

他照本宣科，以一位学者的激昂，写下

著作，并切望下一个唾手可得的福佑：

波动中的确定性，变化中的

感知程度，在学者的暗处。

8

在她环游世界的途中，南希亚·农西奥 ②

————————

① 无知者（the ignorant man），参见伏尔泰的憨第德（Candide）、天真汉
（L'Ingénu）。

② 农西奥（Nunzio）原意：信使、罗马教皇公使。

遭遇了奥西曼德斯。她当时独自 ①

前行，像一个预备已久的贞修女。

我是新妇。她摘下了项链 ②

并把它埋进砂砾。如我所是，我是 ③

新妇。她解开了宝石镶嵌的腰带。

我是新妇，除去明亮的金饰，

我是远胜祖母绿或紫水晶的新妇，

远胜我所寄托的炽烈身躯。

我是一个袒露得比裸体

更赤裸的女人，面对那不可动摇的

秩序，说我就是期待中的新妇。

---

① 奥西曼德斯（Ozymandias），一个古埃及法老的称号，意即：万王之王。
文学史上指雪莱同名诗作（1818），大意：古国的旅人曾见法老巨像残
骸，仍面目威严，但雕塑者已逝，只留下一句铭文"我乃万王之王，请
看我的功业，大能者也要绝望"，还有漫漫黄沙。

② 新妇（spouse），参见《旧约·雅歌》：我的妹子，我的新妇，你夺了我
的心，你用眼一看，用你项上的一条金链，夺了我的心（歌4：9）。另
参见《新约·启示录》：我看见圣城新耶路撒冷由神那里从天而降，预
备好了，就如新娘妆饰整齐，等候丈夫（启21：2）。

③ 参见笛卡儿名言：我思故我在。在者自在，是者自是，实体的存在不赖
外物，比如衣装首饰的证明。但在诗中因有"上帝"和"夫君"的笼
罩，这个女性的次级实体不断脱衣索求又不断被否定。

对我说吧，所说的话语便给我装扮

它本身仅有的珍贵首饰。

给我戴上那精神的钻石花冠。

给我的全身披上那最后的丝缕，①

好让我战栗于那名传千古的热爱，

而我自身因着你的完美而珍贵。

然后奥西曼德斯说，新妇、佳偶

从不赤裸。总是有一层虚构的轻纱

在心灵和头脑之间荧荧烁烁地交织。

9

诗歌从诗人的胡言乱语发展到

武加大的胡言乱语然后又再重来。②

它究竟是来回移动还是同时

---

① 最后的丝缕（final filament），可能比喻爱抚，另音近 fulfillment：完成、
满足，如圆房。

② 武加大（the vulgate），指"圣经"的拉丁文通行译本，本义：通行、
白话。

在两头？它是一片金光烁烁

还是乌云满天的集聚？

有没有一首诗永不触及词语，

有没有一首喋喋不休把时间打发？

这首诗既独特又普遍吗？

诗中确实有一种沉思，但在其间

却像是一个逃避，一个没有理解或

没有充分理解的东西。诗人是不是在

逃避我们，比如躲进某种无知无觉的元素？

逃避吧，这位热切、恭顺的演说家，

我们的最鲁钝的藩篱上的发言人，

某种言语形式的表表者，他 ①

说话时的言语只需要动一动舌头吗？

---

① 表表者（exponent），参见本诗第一篇第 10 章：重大抽象是关于人的理
念，而大人物是其表表者。也可理解为：指数、幂，亦即此人随着言语
而指数级增长，或此人使言语指数级增长。

他所寻求正是武加大的胡言乱语。

他努力用一种独特言语来说出

那普遍性的独特的效力，

将那想象力的拉丁文调配于

法兰克语以及赏心乐事。①

10

长椅是他的僵死症，"转义②

剧场"。他在公园里坐着。湖中

满满尽是人造的事物，

比如一纸音乐，比如一层高风，

比如一刹那间的色彩，在其中天鹅

---

① 法兰克语（lingua franca），一种曾通行于地中海沿岸的混合语。中世纪
欧洲诗歌语言是在古典拉丁文、通行拉丁文、宫廷用语、洋泾浜、各种
方言土语等等之中混合形成的，并充满言语违和的搞笑成分。
② 转义剧场（Theatre / Of Trope），原文字头大写。剧场或戏剧（theatre）
本义：观看、观看场所。转义（trope）本义：转动、变化，后引申
为：转义（包括隐喻、换喻、提喻、讽喻等等修辞手法）以及模式、
俗套等。西方戏剧史上，中世纪教堂在重要节日仪式中引入礼拜剧
（liturgical drama），亦即对一些著名经文段落，加以扩写演绎，编成短
剧，这种短剧也称为"trope"。另参见 troupe（剧团、戏班子）、troop
（人群、军队）、topoi（场所、主题）。

是炽天使，是圣徒，是变换着的本质。

西风便是那音乐、运动和力量，①

让天鹅向着它腾跃，一个求变的意志，②

一个要在虚空刻出虹彩镶边的意志。

这便是一个求变的意志，一个既困穷③

又奉献的方式，一场献演，某种④

易逝的世界，这样的常态叫人无可否认，

一个在隐喻中的浪荡子的眼睛

捉住了我们自己的眼。仅有偶然性

---

① 西风在欧洲主要指暖湿温柔的春风，古希腊神话中，西风神塞腓勒斯因
  妒忌而吹歪了阿波罗掷出的铁饼把他所爱的美少年海辛托斯砸死，海辛
  托斯的血化作风信子或鸢尾花（iris，虹彩），情欲之神厄洛斯庇护了塞
  腓勒斯，但从此西风／春风必须做情欲的仆人。雪莱名篇《西风颂》将
  它比作变化革新的伟力；在美国本土，西风意味着猛烈的寒潮、沙暴等。

② 宿命论／决定论者如斯宾诺莎认为，宇宙由必然性（necessity）所决定，
  且完美无瑕，人类的自由意志最终只能发现：万事先定，无可变改，人
  只有接受并理解这必然法则，才获得有限的自由。但诗中则试图表明，
  变化不居的转义才是宇宙本体属性。

③ 困穷（necessitous），也可理解为：必然的。

④ 奉献（present）、献演（presentation），参见基督教故事、礼拜剧常见题
  材"圣母献主"（Presentation）：约瑟和玛利亚带着圣婴耶稣上耶路撒冷
  去，把他献与主，称圣归主，他们是穷苦人，又按照主的律法用一对斑
  鸠作祭品（路 2：22—24）。诗中可能指某种"道成肉身"的方式能够调
  和二元论的矛盾。

还不足够。变化转换的更新正是

一个世界的更新。它是我们自己的世界，
它是我们自己，是我们自己的更新，
而那必然性以及那场献演 ①

是在研磨我们借以窥看的一面镜子。②
凭这些初始，趁着青葱脆嫩，快提请
两相班配的爱情。时间将把这一切记载。

---

① 必然性（necessity），也可理解为：穷困。
② 斯宾诺莎靠磨镜片谋生，他有一句名言：从永恒的视角去看（sub specie aeternitatis），即从天人合一的完整视角才能真正看清宇宙的奥妙。另参见《新约》：我们如今仿佛对着镜子观看，模糊不清，到那时，就要面对面了，我如今所知道的有限，到那时就全知道，如同主知道我一样（林前 13：12）。

它必定愉悦

1

要高唱欢歌，按准确的、惯例的节拍，①

要顶冠并披挂一头茂密的鬃鬣，

然后，作为声部，要以它的巨嗓狂呼，

要谈论喜悦还要唱响它，它就扛在

喜悦者的肩上，要感觉心跳

才是共通的，才是最壮丽的基础，

这是一个简易训练。哲罗姆 ②

---

① 欢歌（jubilas），为拉丁词（第二人称单数现在时，你欢歌）；音近
jubatus：有鬃毛或冠羽的，见下行。本章使用了一系列与 joy（喜悦）
有关的 J 头韵词或其换喻、谜语。

② 哲罗姆（Jerome，347—420），基督教经学家、隐修士，拉丁文"圣经"
武加大本的译者，相传他在山野修行时曾驯服了一头雄狮；另也指美国
印第安英雄杰罗尼莫（Geronimo，1829—1909），他的一些照片上戴着
华丽的印第安翎羽头冠。

是大号和火风弦琴之父，^①

金色手指拨动暗蓝的空气：

因为成群结队的语音在那里逡巡，

要发现声响是最索寞的先祖，^②

要发现光明是一片振荡着的乐曲，^③

让它沉浸其中以强于官能的调式。

但最棘手的难处是要即刻，

从我们所见的形象，抓住它

在非理性瞬间中的不合理性，

比如当朝阳渐升，当深海

澄净，当月儿高挂在

天堂港湾的墙头。这些并不是变形之物。^④

---

① 大号（tubas），乐器名；另参见《旧约》：犹八［Jubal］是一切弹琴吹
　箫之人的祖师，土八［Tubal］是铜匠铁匠的祖师（创4：21—22）。火
　风（fire-wind）模仿印第安语言的常见构词法。
② 《旧约》中的犹八是音乐之父，犹八是被上帝放逐的杀人犯该隐的后裔。
③ 参见《旧约》：神说“要有光”，就有了光（创1：3）。
④ 天堂港湾（heaven-haven），参见英国诗人 G.M. 霍普金斯（1844—1889）
　同名短诗，大意：我愿去四季如春的地方，我愿往风平浪静的港湾。

然而我们仍为它们震动一如从前那样。①

我们是用事后的理智把它们推理。

2

蓝色女子，链锁漆封，站在窗前，②

她并不希求那些绒绒的银花

变成冰凉的白银，抑或泡泡的云朵

变成水沫，飞沫的浪，那样喷薄而去，③

不渴望性感的花儿们能安歇，

再无剧烈的痴迷，也不慕盼盛夏的

热气，在夜里渐渐香浓，

来强固她那些夭折的梦寐并在沉睡中

显出它的天然形式。已经够了，

---

① 参见《新约》：当时他的声音震动了地，但如今他应许说，再一次我不单要震动地，还要震动天（来 12∶26）。

② 漆封（lacquered），以火漆封印，一般可理解为：漆光、油亮。原文为 L 头韵，暗示珠光宝气的首饰叮当作响。

③ 爱神维纳斯生于海沫，乘贝壳踏浪而行，参见史蒂文斯诗《卑微裸女的春航》(1919)。

对她来说记住就够了：春的

银花开在了葡萄叶间它们的位置

以冷却它们红扑扑的豆粒；泡泡云 ①

只是泡泡云罢了；泡泡花

未待发育便已开败；再往后，

等到八月的松林那和煦的温热

漫进屋里，它昏昏欲睡就天黑了。

对她来说有这些记忆便足够。

蓝色女子向着窗外凝视并命名

花水木的珊瑚红，冷冽而清晰，②

冷冷的冷描，真真的清晰，

就在那里，除目光之外，再无侵袭。

3

持久的树丛里持久的容颜，

---

① 豆粒（pulses），拉丁词源 puls 本义：麦粥、稀饭；另同形词意为：脉
　搏、心跳。
② 花水木（dogwood），多花楝木，是美国常见的园艺乔木，簇生果实艳
　红，秋叶也是红的，拉丁文名 cornus 音近 corals（珊瑚红）。

无穷的红色中一副石头的面孔，

红的祖母绿，红蓝相切，一副板岩的面孔，

挂着浓密发绺的古老额头，

雨水的冲沟，红的玫瑰的红

以及侵蚀以及那红晶之水的磨蚀，

葡萄藤缠绕的咽喉，无状的唇，

蹙眉，像盘在额上晒日光浴的巨蛇，

那折耗的感觉已丝毫不剩，

红中的红反反复复从未消失，

些许的红锈，些许的红丹，

些许的红糙以及红粗，一顶宝冠

让眼睛无法逃避，一个红色盛誉

把自己狂吹向那烦人的耳朵。

一个华光褪淡、晦暗的红玉髓 ①

被过度尊崇。这可能已经存在。

——————————

① 红玉髓（cornelian）是较低级的宝石，因色如梾木果实（corneolus）而
得名。

它有可能并可能已经存在。但实际上，
已故的牧人从地狱领来了盛大的合唱团

并叫羊群畅饮。或者人们这样说。
恋爱中的孩子们随身携来初开的花朵
并把它们四处播撒，没有两朵相同。

4

我们用事后的理智把这些推理
然后我们用我们的所见，我们清楚看见
并已经见过的，来营造一个从属于自己的场所。

在卡吐巴曾有一桩神秘婚姻，①
时值正午恰是一年的日中良辰，
一个伟大统帅和处女鸨达成亲。②

他们的婚礼赞歌如下：一时

① 卡吐巴（Catawba）位于南北卡罗来纳之间的一个地区，所出产的葡萄酒在美国东部都很有名。
② 伟大统帅（great captain），源自西班牙名将贡萨洛·科尔多瓦（1453—1515）的绰号（El gran capitán），后来西班牙王国的一些名将、美洲征服者也沿用此称号。

我们相爱却不肯把婚结。一时
一方又把另一方的请求拒绝，

违心赌咒永不饮那婚礼的红酒。
双方互相接受必定不是因他的高大，
他的威武，也不是她细腻的嗓音，

那唰唰唰的隐秘镲声的回响。
双方互相接受必定是当成信号，短信号
以阻止气旋、拒斥诸元素的短讯号。

伟大统帅深爱那山川永世的卡吐巴，
因而就娶了鸨达，她是他在那里找到的，
而鸨达也爱着统帅一如她爱太阳。

他们两相般配因为婚礼的举办处
正是他们所爱。既非天国亦非地府。
他们是面对着面的爱的字符。

5

我们喝了勃艮第，吃过孟买龙虾蘸芒果

酸辣酱。然后阿司匹林教士大谈特谈
他的妹妹，她沉浸在合情合理的迷狂中

深居简出。她有两个女儿，一个
四岁，还有一个七岁，她给她们的打扮
就像一个以贫乏色彩作画的画家那样。

但她仍给她们画上了，相称于
她们的贫困，蓝灰色搭黄花的
缎带，她们的某种坚决声明，白色，

配礼拜天的珠链，她的寡居盛装。
她用普通名字把她们隐藏。她通过
拒绝梦想来把她们抱得更紧。

她们所说的言语就是她听到的话声。
她望着她们便看见了如其所是的她们
而她的感受击败了最直白的措辞。

阿司匹林教士说完了这些
便沉思着，哼起一首赞美诗的赋格曲

概要，一个由唱诗班完成的变位。①

然而当她的孩子们睡着以后，他妹妹本人
对睡眠的所求只是要在那静寂的刺激中
有未经淆乱的睡眠自我，为着她们。

6

当教士在漫漫长夜里进入梦乡，
正常事物都打着哈欠告退，
那虚无是一种赤裸，一个点，

若超出此外，事实便无法有事实进展。
随即此人的学识便再一次
构想出黑夜的微暗星火，金光

在他眼睛的表膜下闪烁，深在其下，
并回荡于他耳朵的雄山峻岭，
那正是组成他心智的材料。

———————

① 变位（conjugation），本义：共轭、结合；参见《新约》：你们和不信的
原不相配，不要同负一轭，义和不义有什么相交呢，光明和黑暗有什么
相通呢（林后 6：14）。

于是他化为他所见的那双飞升的翅膀，
并拍动着穿过眼眶之外的群星 ①
降临到孩子的床头，看她们

安睡。然后又携着悲怆的伟力
径直向前，飞越黑夜那极限的冠冕。
那虚无是一种赤裸，一个点

让超出此外的思想再无法有思想进展。
他必须选择。但不是一个排斥性的
选择。不是一个非此即彼的选择，

而是精挑细选。他选择的是要包括
那些互相包括的事物，那整个的、
复杂的、聚拢的和谐体。

7

他按他对它们的构想施加秩序，

————————

① 眼眶（orbits），也可理解为：轨道、范围。

像狐狸和蛇那样。真是豪迈之举。
接着他又建造座座议会并在长廊上，

白衣胜雪，振聋发聩，名副其实，
他造像以纪念那些理性之士，
他们远胜最博闻的猫头鹰和最广识的

大象。但施加却不等于
有所发现。要发现一种秩序，比如
季节，发现夏天并认识它，

发现冬天并好好认识它，要找出，
而非施加，完全不使用推理，
要从虚无中得出主要气候，

这是可能的，可能，可能。它必定
是可能的。必定是按着时间
会有真实从它的粗糙混合物中降临，

起先，看似一头喷吐的兽，又不一样，
温暖于一杯绝望的奶。要找出真实，
要剥除种种虚构，除了这一个：

关于一个绝对者的虚构——天使啊，

静静浮在你辉光的云中并倾听

那恰当声响的辉光旋律。

8

我该相信什么呢？若那云中的天使

正安然地注视着狂暴的深渊，

以他琴弦的弹拨来拨弄那幽深的荣耀，

纵身一跃而下，穿过黄昏的启示，并 ①

开展双翅，他除了深邃的空间一无所需，

忘却了那黄金的中心，金光的天命，

在他的飞行那不动的运动中渐渐温热，

我是否不太满足于想象这一位天使？

那是他的翅膀吗，那石青弥漫的空气？

---

① 黄昏的启示（evening's revelations），参见北欧神话"诸神的黄昏"
（Ragnarøkkr）、《新约》最后一部《启示录》（*Book of Revelation*）。

将这一切体验的是他还是我？

若是我那就不停地说有那么一个时辰

充满可以表达的福佑，让我在其中

无所欲求，并喜乐，忘却了需求的金手，

并心满意足，无需尊上者的慰藉，

如果有那么一个时辰便有那么一天，

有一个月，一年，有一种时间

让尊上者成为自我的镜子：

我不曾拥有但我在，我在故我在。①

这些外部区域，我们要用什么来填满，

除了映像，死亡的恶作剧，

灰姑娘在家宅之内的自我实现？

9

高声鸣啭吧，蓬草般的鹪鹩。我可以 ②

_____

① 参见《旧约》：神对摩西说，我是自有永有的（出 3∶14）。

② 美国东部常见的冬鹪鹩是一种灰褐色小鸟，鸣声十分动听。

做到天使所能的一切。我跟他们一样喜爱，

此外还跟人一样，跟那些于光中退隐的人一样，

喜爱天使们。鸣啭吧，被催迫的号手，①

叫阵阵求偶的号声在鸟巢旁响彻，

雄鸟号手，鸣啭又吹号又暂歇一会儿，②

红胸知更鸟，歇停你的序曲吧，好好

练习单纯的重复。这些东西至少包含了

一个行当，一种训练，一份工作，

一件在其自身完成的事物，因而，称善：

那些宏大的重复之一，它们完成于

它们自身，并因而称善，这兜兜转转

又兜转再兜转的，纯粹的兜兜转转，

直到纯粹的兜兜转转成为一个最终的善，

就像美酒一路端上了林中的餐桌。

———————————

① 参见《新约·启示录》中有七位天使依次吹号，宣告末日大审判和基督
重临。

② 鸣啭（whistle），一般可理解为：吹哨、鸣笛、呼啸。

而我们跟人一样喜爱，一片树叶
在餐桌上方旋着它那恒久旋转的方式，
于是我们满怀愉悦地观看它，观看

它旋着它古怪的节拍。也许，
人类英雄并非不同寻常的怪物，
而是在那重复之中日臻精湛的大师。

10

胖妞儿，凡尘之地，我的夏，我的夜，
我要怎样寻找你在千差万别之中，看到你
在一个活动的回旋，一场尚未完成的变动之中？

你亲如家人又异于常轨。
女士，我是文明人，但是
在树下，这份无端激起的豪情

要求我断然地给你命名，不多费口舌，
制止你的推诿，确信你就是你自己。
尽管如此，当我想到你究竟坚强或是疲惫，

埋头工作，无论焦虑、满意、孤单，
你总保持着比自然更丰富的形象。你
成了脚步轻盈的幻象，那非理性的

歪曲，始终芳馥，始终宝贵。
也就是说：那比理性更丰富的歪曲，
由感觉所造成的虚构。对，就是如此。

终有一日会有人在索邦大学弄清楚。
我们将在黄昏时听完演讲出来，
欣喜得知，非理性是理性的，

直到被感觉撩动，在一条镏金的大街，
我呼唤你的名，我的绿，我的流畅的人世。①
若非晶莹剔透你早就停止了旋转。

————————

士兵，有一场战争爆发在头脑
和天空之间，在思想和日夜之间。正是

————————

① 人世（mundo），西班牙语／拉丁词，本义：清洁、纯净、漂亮。

为此，诗人才一直在阳光下，

把月亮一起缝缀到他的屋里①
他的维吉尔式抑扬顿挫，一上一下，②
一上一下。这是一场永无尽头的战争。

然而它有赖于你。两者是一体的。
它们是复数，既是右也是左，是一对儿，
是两条平行线，若要相遇只会发生在

它们影子的重合或者相遇在
兵营的一本书里，在一封寄自马来亚的信。
但你的战争结束了。此后你复员，

带着六个肉罐头和十二瓶酒，否则就一无所有，
走进另一个房间……先生们战友们，
若没有诗人的行句，士兵就是贫乏的，

他那些小小的提纲，固执的声音，

———————

① 参见《蓝色吉他手》第2章：我无法带来一个完满的世界，哪怕我已竭
   力将它缝缀。
② 参见《转念一想》第2章：在这个时代，维吉尔的斗篷和言语都掉落了。

难免地变调，在血液中。
为战而战，各有其英勇性质。

多简单啊，虚构的英雄成为真实；
多快活啊，士兵以恰当的言辞去死，
若他必须去死，抑或靠忠实讲演的面包存活。

秋 夜 极 光

（1950）

秋夜极光

1

这便是巨蛇的住所，那无体者。①

他的脑袋是虚空。夜里，他头顶上的

两眼睁开，在每一重天上盯着我们。②

或许这是从卵中爬出的另一条蠕虫，

洞穴尽头的另一个影像，③

另一个蜕去了身体的无体者？

这便是巨蛇的住所。这是他的巢穴，

---

① 无体者（the bodiless），比如没有肉体的蛇蜕；基督教中的天使被称为
  "无形的威能天军"（Bodiless Host）；魔鬼撒旦是堕落天使的首领，因而
  也是无形体者，在末日战争中，化身为红龙／巨蛇的撒旦被天使长米迦
  勒率军击败，摔到地上（启 12.7—9）。另，天使节大礼拜是 11 月 8 日
  或 21 日，即秋季。
② 在北半球星空中，天龙座围绕北极，常年可见。
③ 参见柏拉图"洞穴譬喻"。

这些田野，这些山岗，这些泛彩的远景，
以及大海上方、沿岸、周遭的松林。①

这是将无形式衔尾吞吃的形式，②
外皮为着如愿的消失而闪光，
而巨蛇的形体因蜕去外皮而闪光。

这是高处的显现而在其底部
这些光芒最终会达到一个极点，
在午夜的正中央找到巨蛇的所在，

在另一个巢穴，这迷宫的主人
游走于身体和虚空、形式和影像，
毫不留情地占有着幸福。

这正是他的毒：我们不能相信，
包括这一点。当他为了确定阳光
而细微地移动，他在蕨丛中的沉思

也让我们同样确定。我们用他的脑袋看见，

---

① 第一条巨蛇是诸天的统御者，第二条巨蛇只关于大地。
② 蛇衔尾而食的图形常象征无限循环。

岩上的黑珠，斑驳的活物，动弹的青草，

一个在自家林地上的印第安人。①

2

告别一个构想……有座小木屋

孤零零地，矗在海边。它是白的，②

按照风俗或者依据

故老相传或是某种无限循环的

结果。靠着墙边栽种的花

也是白的，有点枯干，有点特意地③

想要记住，要记住啊，有一种白，

那是不一样的，完全不同，在去年

或更早，反正不是一个老迈的午后的白，④

不管清新或沉闷，不管冬云笼罩

---

① 第三条巨蛇只是现世的、本地的具体之物。

② 参见《最高虚构札记》第 1 篇第 3 章关于诗歌本质洁白 / 直白 / 率真（candor、candid）的构想。

③ 白（white）近 wither（枯萎）。

④ 白（white）近 wight（人、生灵）。此时（1948 年）史蒂文斯已年近七旬。

或寒空凄冷，从这边到那边天都不是。

风，卷着沙粒吹过地板。①

这里，视野所见都是一片白，

一片白色的实体，就像

一个极端主义者在完成他的答卷……

季节变迁。冷风吹凉了海滨。

它那长长的线延伸得更漫长，更空洞，

有一种黑在凝聚，尽管尚未降下，

而那墙上的白已渐渐不那么鲜明。

散步的人在沙滩上茫然转头。

他观察到北方的变化正在不断地扩展，

以其灿烂的霜华，红蓝的挥洒

和熊熊火炬的爆发，那极地的绿意，

寒冰、热火和孤独调成的颜色。

———————

① 参见《新约》：一个无知的人，把房子盖在沙土上，雨淋、水冲、风吹，
撞着那房子，房子就倒塌了，并且倒塌得很大（太 7：26—27）。

3

又告别一个构想……母亲的脸庞，
这首诗的意旨，弥漫了房间。
他们一起团聚在这里，暖洋洋的，

根本没有预见那些将临的梦。
天色已晚。家宅已晚，一半已消散。
唯有他们从不曾拥有的那一半仍存留，

仍星光璀璨。他们拥有的是母亲，
是她为他们此际的祥和付出了明晰。
她所做的比温柔还要温柔。

然而她也同样消散，她被毁掉了。
她付出明晰。但她已渐渐衰老。
项链是一枚雕刻不是一个吻。

柔软的双手是运动而非抚摸。
房屋会坍塌，书本会燃烧。
他们安然托庇于心智的寓所，

这房屋为心智以及他们以及时间所共有，
一起，团聚在一起。朔方的夜色
会看似寒霜一般，在笼罩他们的时候，

然后蔓向母亲，在她入睡的时候，
在他们互道晚安、晚安的时候。楼上的
窗户会被照亮，房间却黑暗。

一阵风会呼旋着它那风也似的威武
然后像枪托一样在大门猛砸。
风会命令他们以所向无敌的声响。

4

又告别一个构想……种种勾销，
种种否认是永无止境的。父亲坐在
目光阴冷的空间，无论坐在哪儿，

像某个在双眼的树丛里尤为强大的人。
他对不说不、对是说是。他又对不

说是；通过说是他说再见。①

他在测量那变幻的速率。
比那些从天堂跳进火烧地狱的坏天使
他从天堂跳到天堂更为快捷。②

但此刻他坐在恬静的绿油油的一日里。
他在揣测那空间的宏大速度并鼓动它们，
从多云到无云，无云到晴空烈烈，

在眼和耳的飞航中，最高的眼
和最低的耳，在傍晚，那深深的耳
明辨着随之而来的事物，直到它听见

它自身的超自然的序曲，
就在这一刻，那天使之眼定义了
它的剧团，他们戴着面具联袂而来。

哦大师，大师安坐在火旁，

————————

① 诗中可能指，他支持辩证的否定，对新生事物一概说是，以此作别旧事物。
② 他像天父，在各种不同的神话、信仰之间跳跃、切换。

仍旧在空间里纹丝不动，然而却
具备了运动那永放光明的源头，①

深邃啊，然而那王者、然而那冠冕，
看看眼前这个宝座吧。是怎样的剧团，
戴着面具，能用赤裸的风将它歌颂？

5

母亲邀请人类来到她的屋里
和桌边。父亲唤来讲故事的说书人
和对故事已默思多摩挲多的乐师。

父亲唤来了黑人女子跳舞，
在孩子们当中，像在日臻成熟的
舞蹈队形中有些古怪的成熟。

乐师为这些奏出诱惑人的曲调，
挠拨着他们乐器的抑扬顿挫。

---

① 亚里士多德假设有一个不动的动者，即第一推动者，因为没有任何运动
先在于他，所以他自身是不动的。

孩子们笑着嚷着一段尖声尖气的拍子。

父亲从虚空中唤来了盛典，

华丽的舞台、林荫道和团团树木

以及帷幔，像是给睡眠一层天生的伪装。①

乐师们在这些当中弹响一首本能的诗。

父亲唤来他的未经牧养的牧群，

耷拉着野蛮的舌，喷着流涎和喘吁各半的

鼻息，遵从他的小号的按键。

于是这便成为沙蒂永，或随便什么。②

我们置身在一片喧嚣的节日里。

什么节日？这样嘈杂、混乱的游荡？③

这些东道主？这些禽兽般的来宾？④

---

① 参见本诗第 1 章第 3 段对毒蛇巢穴的描述。

② 沙蒂永（Chatillon），法语原指：小城堡。史蒂文斯的先祖可能追溯自 16 世纪法国新教领袖、沙蒂永领主加斯帕·科利尼（Gaspard de Coligny, Seigneur de Châtillon, 1519—1572），他权倾一时，年轻的国王曾尊他为义父。

③ 游荡（mooch）多指二流子偷偷摸摸之类的行径，音近 music（音乐）、moo（牛哞）。

④ 1572 年 8 月 23 日晚，圣巴多罗买节前夜，法国王太后和国王借公主大婚之机对新教徒发动屠杀，科利尼（沙蒂永）的尸体被扔出窗外。

这些乐师是在为一场悲剧配音，

一嗒嗒，二嗒嗒，就排成了这个：
没有台词可讲的吗？没有表演。
或说，人物只要出现在这里便是一台戏。

6

这是在云层里浮动的一个舞台，
它本身也是云，尽管有雾状的岩石
和流水般的山岭，一波又一波，

透过光的波浪。它是变幻的云
又变幻而成的云，懒洋洋地，就像
一个季节改变颜色那般无穷无尽，

除非在变化中挥霍了它自身，
随着光线从黄色变成金色又从金色
变成猫眼石粒子和欢腾的璨光，

辽阔地泼洒着，因为它喜欢富丽堂皇
以及富丽堂皇的空间里的庄严之乐。
云在半思半想的形式中懒洋洋地飘着。

舞台上挤满着翻飞的鸟群，

狂乱的楔形队，像火山的烟柱，掌中的眼，

然后消隐，一张网挂在长廊

或宏伟的柱廊里。一座殿堂，

好像是，正隐隐浮现或才刚刚

崩塌。大结局不得不推延……

这没什么要紧的，除非叫一个人单独承受，

没什么的，除非这个有名字的事物变成无名 ①

然后被毁掉。他打开他那烈火熊熊的

房门。一支烛光下的学究看到

极地的光华怒放在他的一切所是的

构架上。他感到恐惧。

7

有没有哪位高居宝座的想象者

---

① 参见《最高虚构札记》第 1 篇第 1 章，重新用无知的眼去看太阳，太阳
必须不具其名。

会冷酷一如仁慈，既公正

又不义，会在夏季的正中间停下来

想象冬天？当树叶尽已枯死，

它会不会在北方取而代之然后抱紧自己，

像山羊一跳，晶莹而透亮，坐落在 ①

最高的夜空？这诸天会不会装扮

和传扬它，白衣的漆黑造主，阔步 ②

于破灭之中，甚至可能是星辰，

甚至地球，甚至视域破灭，在雪中，

除了按着作王的威仪的需要，

在空中，显出王冠和宝石的秘传？

它跃过我们，从我们所有的诸天上跃过，

破灭我们的星辰，一颗接一颗，

脱离了我们存在过观看过的地方，

---

① 夜空中的山羊可指摩羯座，西方占星术上的冬季主星座。

② 阔步（jetted），盛装出游的姿态，同形词可理解为：喷射、墨玉。

我们认识过彼此又彼此思量过的地方，

一块粉碎的残余，寒冷而遥远，①

除了那王冠和玄奥的秘传。

但它可不敢赌一把跳进它自身的黑暗。

它必须在命定和有点活蹦乱跳之间变化。②

于是才有它的阔步的悲剧，它的丰碑③

和形体然后才有悲恸开始去寻找

是什么必定废黜它，最终，是什么能够，

比如，在月光下进行无拘无束的交流。④

8

也许永远有着一种无邪的时间。

但从没有无邪的场所。即便没有时间，

---

① 粉碎的残余（shivering residue），音近 shivery residence（让人打冷战的住所）。

② 活蹦乱跳（caprice）源自拉丁语 capra（山羊），常指任性胡闹、变化无常。

③ 悲剧（tragedy）源自希腊语 τραγῳδία（山羊之歌）。丰碑（stele）近stale（陈腐）。

④ 无拘无束（flippant），本义：唠叨健谈，常指：言论肤浅轻浮，与威仪相反。

_258

即便没有什么有关时间、有关场所的东西，

存在于理念之中，孤零零地，
相比灾难而言，它并不会
少一些真实。对于最古老最冷峻的哲学家，

总有着或也许有着一种无邪的时间
作为基本要素。它的本质就是它的目的，
亦即它应该是，然而又不是，

一种从可怜人那里榨取怜悯的东西，
像一本书在傍晚时美丽而不真实，
像一本书在日出时美丽又真实。

它就像一种以太物质，几乎是作为
谓词而存在。但它存在着，
它存在，它可见，它在，它是。

所以，这些光芒不是一个光之魔咒，
不是一段云中的神言，而是无邪。
是大地的一种无邪，而非虚假符号 ①

① 基督教一般认为凡尘大地是堕落的，伊甸园和天堂才是纯真，诗中反其
意而作。

或邪恶的象征。因此我们都有分享,
像个孩子似的在这份圣洁中躺下,
仿佛我们躺在梦乡的静谧,又警醒着,

仿佛那无玷的母亲哼着歌,在漆黑的
房间,拉着风琴,半寤半寐中,
创造了我们所呼吸的时间和场所……

9

还有彼此的思量——用这部创作
的方言,一片无邪大地的方言来说,
绝非那罪孽之梦中的谜语。

我们就好比整天待在丹麦的丹麦人,
彼此熟悉得很,硬朗矍铄的乡亲
会觉得外乡的事情就是一周的

另一天,比礼拜天还别扭。我们思维相似,
这让我们在同一屋檐下成为兄弟,
并靠着兄弟能吃饱,吃得饱饱

胖胖，像住在一座文雅的蜂巢。

我们这一出活剧啊——我们紧紧挤着入睡。

对于宿命活动的这种感知——

在见面地点，她独自前来，

而她的到来成就了两个人的自由，

以及只有两人才能分享的那种隔离。

明春我们会被发现在林里悬挂吗？①

这是怎样的灾祸在迫近：

光秃的枝干，光秃的树林和盐一般犀利的风？

群星正在系上他们亮闪闪的腰带。②

他们肩头挥舞的斗篷熠熠生辉，

像一团巨大的黑影上的最后润色。

也许明天它就会以最简单的词出现，

---

① 意即，今年的枯叶是否仍挂在明春的枝头，若能存留，那是死尸还是坚持，明春树上新生的嫩叶是否仍是我们，等等。
② 星空中的腰带常指猎户座腰带三星。猎户座在北半球冬季星空最为明显。

几乎是作为无邪的一部分，几乎，
几乎是作为最温柔、最真实的部分。

10

幸福世界里的不幸人——
请宣读，拉比，这个相异点的种种形相。
不幸世界里的不幸人——

此处有太多的镜能照见凄楚。
不幸世界里的幸福人——
这不可能。没有什么东西会卷动

在那富于表现的舌，那寻猎的毒牙。
幸福世界里的幸福人——
小丑！舞会啦，歌剧啦，酒吧啦。

回返我们一开始的地方：
幸福世界里的不幸人。
下面，弘扬这些隐微的音节。

为着今日以及明日，

向会众宣读这种绝境吧，
这种诸界幽魅的设计，①

以设计平衡来设计一个总体，
那生命之源，那无往不利的天赋，
在实现他的沉思，巨细无遗。

在这些不幸中他沉思一个总体，
完的运道和完的命运，
仿佛他活过了所有的生活，也许他知道，

老巫婆在大厅，而非肃穆的天堂，
对风向和气候讨价还价，借着这些光，
像夏季麦草的火焰，在隆冬的关头。②

---

① 诸界的幽魅（the spectre of the spheres），及前文：弘扬隐微音节
（solemnize the secretive syllables），以 sss 头韵的嘶嘶声回顾这组长诗开
头的巨蛇（serpent）。
② 意即像冬至之夜的极光。参见本诗第 1 章第 4 段，在变换循环的过程
中，被替代者在消逝前会发出最后光芒。

大个子红人的朗诵

有一群幽灵又回到尘世来聆听他的言说，
当他坐在那里，高声朗诵那些巨大的蓝色书版。
他们来自群星的荒野，尽管群星更期望前来。

他们一大群又回来听他朗诵那生命的诗篇，
读到炉上的平锅，台上的水罐，和罐里的郁金香。
他们肯定一路哭着，踏着赤脚走进现实，

肯定曾哭过也快乐过，曾在霜雪里颤抖过
并叫嚷过要再把它重新感受，曾让指头被草叶
划过
并遭遇过最难缠的荆棘，捕捉过丑陋的东西

并取笑过，当他坐在那里朗诵，从那些紫色书版，
读到生命的纲要和它的表达，它的律法严明的
音节：

诗者，施也，文辞的字符，神谕的行句，①

就在他们的耳中，在他们单薄、枯竭的心里，
体现色彩，体现形状和事物的如其所是的尺寸，
并替他们诉说感受，而这些是他们已缺失的。

---

① 诗（poesis、ποίησις）的本义是做、造。

在洪流僻境

他从未以同样的方式把这粼粼的河感受两次，
河水不停流淌，也从不把同样的方式重复两次，①

它流过许多地方，仿佛它始终仍是一体，②
就像湖泊一样固定，而野鸭子从水面飞起，

搅乱它通常的倒影，那些思绪般的孤山。③
那里似曾有过一个未曾说出的呼语。

那里有太多的真实又根本不真实。④
他想以同样的方式再感受一次又一次。

---

① 参见古希腊哲人赫拉克利特名言：万物流变不居，没有人能踏入同一条
河流两次。相传他是一个避居山林的隐士。
② 赫拉克利特名言：向上的路和向下的路都是一体的、同一的。
③ 倒影（reflections），也可理解为：反照、沉思。孤山（Monadnocks）原
指美国新罕布什尔州几座独立的高山，爱默生和梭罗曾多次登上最有名
的大孤山，留下文学名篇。
④ 赫拉克利特名言：我们既踏入又未踏入同样的河流，我们既在又不在。

他想让这条河以同样的方式一直流淌，
永远这样流淌。他想沿着河边散步，

在悬铃木下，在一颗被牢牢钉紧的月亮下。
他想让他的心脏停止跳动，让他的头脑歇息

于一个恒存的认知，不再有什么野鸭子
或不成其为山脉的山脉，他只想知道这会怎样，

只想知道这会是什么感觉，若免于毁灭，①
成为一具铜人，在古旧的石青天空下呼吸，

不再像行星一般摇荡的流啊流啊，
就在时间的蔚蓝中心呼吸着他的青铜之气。

---

① 参见奥维德《变形记》中"毕达哥拉斯学说篇"关于灵魂不死的描述：
万物流变，无物死灭，灵魂漂泊，忽东忽西……死亡根本不存在，世界
只是面貌变化创新。

小　说

鸦群正飞行在夏季家园之上。
风打砸它。水盘漩。树叶
回归它们原本的幻觉。

太阳停步，像一个将动身的西班牙人，
要从夏季家园迈入那往昔的家，
那牛皮哄哄的空虚。

"妈妈很担心我会冻死在巴黎的旅馆。
她听说有一个可怜的阿根廷作家。在夜里，
他窝在床上，盖了好几张毯子——

"从羊毛堆里露出一只手来，
戴着黑手套，捧着一本加缪的小说。她求我
别去那儿。"这些是何塞说的……①

_____

① 何塞（José Rodríguez Feo，1920—1993）是一个古巴年轻作家，史蒂文斯的忘年交。两段引文出自他于 1948 年 9 月 21 日的来信，后文一些内容也与来信有关。

他正坐在烦躁不安的火旁，

红色冬天的初次红，冬之红，

一片寒冷疑虑中最近、最小的家园。

在最亮丽的巴拉德罗多么安宁，①

当流水不停地流过发言人的那张嘴，

说着："奥拉拉是白中之白，"②

哗啦哗啦是诗歌无穷无尽。

但此地的安宁则是某人所想。

炉火按着小说教给它的方式燃烧。

镜子熔化又浇铸成自己然后移动

并从乌有中捕捉熊熊燃烧的气。

它在炉火上吹出一团玻璃样的光明

并让大火烧起来让它咬上木头

---

① 巴拉德罗（Varadero），古巴海滨度假胜地，本义：船坞。
② 引语原为西班牙文，引自加西亚·洛尔卡诗《圣欧拉伊亚的殉难》
（*Martirio de Santa Olalla*，1928），略有出入。圣欧拉伊亚是被罗马人烧
死的少女圣徒，她是大雪天的主保。

并咬上狠狠一咬，咬时还发出吠叫。
座位的安排就是这么回事儿，

不会像谁给自己安排的那样，
而是按小说的风格，它的线索
在寻常的房间的不寻常之处展开，

"肖像"是强大的因为它相似，
最先产生的第二者，一个黑色的非真，
却有一个真在其中隐藏和活动。

白日的本原正粉碎成秋夜。①
火小了一点，书完结了。
静止就是心智的静止。

慢慢地房间暗下来。古怪的是
那个阿根廷人。今日只有真才能
成为非真，才能隐藏和活动。

---

① 本原（arches、αρχές），古希腊早期哲学家一般认为世界以及事物由某
些或某种元素、原则为最根本基础而构成；本原的崩溃就是混乱状态
（anarchy）；另可理解为：拱门。

同样古怪的是，那个阿根廷人竟成了某人自己，

感觉着有一种恐惧在毛毯底下爬行，

压在胸口并刺进心脏，

直接出自阿卡狄亚式的想象，①

它的存在重重敲打着血管，

它的知在体内冰冷就跟他的自我一样；

于是他因为被如此理解而战栗，最终，

理解，似乎认识变成了

把事物看得过于明白的宿命。

_____

① 阿卡狄亚（Arcadia）是古希腊的世外桃源，田园诗中的安乐乡。诗中可
能指拉丁谚语：Et in Arcadia ego（即便在阿卡狄亚也有死亡）。

提问就是评论

夏天的草丛里冒出这颗绿芽芽为什么。
太阳痛得难受了就一路大叫跑回来,
在地平线上发泄成年人的孩子气。

它的热火无法穿透将它目睹的视觉,
无法摧毁那些古旧的公认信条,
唯有小孙儿能如其所是地将它看见,①

善见者彼得,他说"妈妈,那是什么"——②
该对象携着丰富的修辞在上升,
但对他没用。他的提问是完整的。

---

① 参见爱默生《论自然》:很少有成年人能看见自然,大多数人看不见太
  阳,顶多只看到表面的照明,但在孩子的眼里和心里却是光芒;爱自然
  的人从内到外都保持童心。
② 彼得(Peter Reed Hanchak,1947—)是史蒂文斯的外孙。

这是他力所能及的提问。
这是极限，一个 2 周岁的专家。
他决不会去骑她描述的那种红马。

他的提问是完整的因为它包含了
他最大可能的陈述。它是他本人的军阵，
他本人的盛典和阅兵以及陈展，

直到虚无所准许的范围……听听他。
他可没说，"妈妈，我的妈妈，你是谁，"
像其他瞌睡虫、婴儿、老头子那样。

被农夫包围的天使

农夫之一：

难道
在无人光临的门口也有人迎接？

天使：
我是现实的天使，
站到门口的那一瞬就被看见。

我没有灰白翅膀没有光灿的衣裳，
在生活中更没有温热的光环，

或者追随我身后的星星，不是陪伴，
而是作为一部分，参与了我的存在及其认知。

我是你们的一员，而作为你们的一员
就是去存在和认知我的在和知。

然而我是尘世中必需的天使，

因为，用我的视觉，你们才重新看见这尘世，

去除它的僵硬和执拗，人为限制的设定，

而且，用我的听觉，你们才听见它悲怆的嘶鸣

在流音的留响中流畅地升腾 ①

如言辞淹至了盐池；如意义被诉说

于局部意义的重复。难道我，

我本人，勉强算是一个局部的形体，

一个局部被看见，或瞬间被看见的形体，一个

心智上的人物，一个幻影，装扮着

这一副最轻飘的装扮，只要扭一扭

我的肩膀然后很快，非常快地，我就不见了？

---

① 流音（liquid），指发音清晰无破擦并能像元音一样延长的辅音，如英语
的［l］、［r］。诗中这一行使用了 LLL 头韵。

磐　石
（1954）

一位熟睡的老人

两个世界都睡了，此刻，在熟睡中。
迟钝的意识带着某种庄严控制了它们。

自我和大地——你的思想，你的感觉，
你的信和不信，你的整个专属领域；①

你的泛红的栗子树林的红颜色，
河水的流动，R河的倦怠的流动。②

——————

① 专属领域（peculiar plot），或可理解为"独特构想"、"奇特剧情"。
② R河，可能指"万河之河"（the river of rivers），参见《康涅狄格的万河之河》；或指理智（reason），或现实（reality）。

爱尔兰的莫尔悬崖 ①

谁是我的父，在这世上，在这屋内，
在精神的基底？

我的父之父，他的父之父，他的——
那些身影如风

追溯一个先辈，到思想之前，言语之前，
到那往昔的前头。

他们来到莫尔悬崖，它耸立在迷雾之上，
高过真实，

耸立在当前的时间地点之上，高过

---

① 莫尔悬崖（Cliffs of Moher）是爱尔兰著名的风景名胜，沿海有 8 公里
长 200 米高的悬崖。

潮湿的绿草。

这不是风景，充满诗的
大海和梦游

这是我的父，抑或，
只是像他的模样，

一个相似者，在先父们的族群：土地
和大海和空气。

对事物的简单认识

树叶落尽之后，我们复归
对事物的简单认识。就仿佛
我们已来到想象力的尽头，
沉湎于一种惰性的知。

甚至难以挑拣形容词来描述
这空空的冷，这没来由的哀伤。
宏伟建构已变成次要的房子。
缠头者不会走过减低的楼面。

花房从未如此严重地亟待粉刷。
烟囱已年逾五十并倒向一旁。
丰功伟绩都破灭了，人和飞虫的 ①

---

① 参见莎剧《李尔王》：如飞虫之于顽童，我们于众神亦如此，他们杀我
们取乐子（Lr.IV.1.36—37）。

一场重重复复中的一次重复。

然而，想象力的缺乏却使得
它本身被想象出来。一张大池塘，
对它的简单认识，没有倒影，树叶，
淤泥，水就像脏玻璃，表示某种寂静，

一只老鼠探头张望那样的寂静，
大池塘以及睡莲的残梗，这一切
必须被想象为一种不可避免的知识，
被需要，作为一种必需的需要。

西方居民之一员

我们的占卜，
天使思维的运行机制，
预言的传达途径，

叫我们尤为警惕
黄昏的一颗孤星
及其田园牧歌

而风、光和云的
种种建制
都在等待一个降临，

此文的读者，
一个没有身体的读者，
他静静地读道：

"美杜莎的骇人形象啊，

这些声调阐释了

夜色那璀璨的笼罩

在欧罗巴，从最高的雪峰，

到浩瀚的大西洋。

这些不像村郊陋舍

会缺乏石头人，①

在他们自身

玫瑰色的曙暮中。

我是黄昏的天使长，我夸赞

这一颗孤星的烈焰。

假设它是一滴血……②

多么深重的罪孽要埋葬

在那秋日的

无邪之下。"

————

① 古希腊传说，人要是被蛇发女妖美杜莎看一眼就会变成石头。
② 参见《旧约》：日头要变为黑暗，月亮要变为血，这都在耶和华大而可畏的日子未到以前（珥2：31）。

人世智慧游戏 ①

渐弱渐弱，阳光消退于
午后。骄傲和坚强
都已离去。

只剩下那些一事无成者，
最后的人类，
一颗衰颓天体的土著们。

他们的匮乏是这样一种匮乏，
一种对光明的匮乏，
挂在绳上的一个星状的苍白。

渐渐地，贫困的
秋季空间变得

---

① 原题 Lebensweisheitspielerei 为生造的德文。

一眼看尽，一话说完。

每个人都以其所是和如其所是
完全地触动我们，
在那陈腐的壮丽湮灭中。

中央的隐庐

落叶在石子路上发出喧响——①
　　多柔软的草地，所欲求者
　　躺卧在天堂的和煦中——

像昨日之前讲过的那些故事——
　　在天然的赤裸里皮毛柔亮，
　　她守候着叮当的铃声——

而摇曳的风总像一个大东西在晃悠——
　　叫那些不仅仅受阳光召唤的鸟儿，
　　更有睿智的鸟儿，换掉——

突然又完全消失无踪——

---

① "落叶在石子路上"（the leaves on the macadam），原文中藏有夏娃和亚当
（Eve and Adam）。

它们清晰易懂的啁啾

代以莫名难解的思想。

然而这结局和这开始是一体的，

对野鸭看上最后一眼也是看一眼

那些晶莹的孩子围着她成一圈。①

---

① 一圈（a ring），同形词意为：铃铛。

绿色植物

沉默是一个远去了的形状。
十月的狮玫瑰已成纸张
而一棵棵树下的凉阴
像破烂的雨伞。

衰竭的夏季词汇
再也不能说出什么。
褐色落在红色的底部
橙色远低于黄色，

都是伪造，来自一面镜中
没有热力的太阳，
按着恒定的递减率，
一个走向终结的衰退——

除了那棵绿色植物在怒放，当你观看

栗色和橄榄色森林的传奇之时，
怒放，在那传奇之外，射出野蛮的绿，
在那粗糙的现实中它也是一部分。

百花夫人

哦伴星们，把他压下去，以那终结的巨重。

把他封起来。他看过一口大地的玻璃瓶便以为他在里面生活。[1]

现在，他带着他所见的一切进入大地，献给久候的母亲。

他的鲜嫩知识要被她吞噬，于一滴露珠之下。[2]

压住他，压住，压住他，以那月球的沉睡。

它只是个玻璃瓶因为他朝里面看过。它不是他能够得知的东西。

它是他所说的一种语言，因为他必须，然而又不

---

[1] 玻璃瓶（glass），也可理解为：玻璃杯、镜子、透镜等。参见《新约》：我们如今仿佛对着镜子观看，模糊不清，到那时，就要面对面了，我如今所知道的有限，到那时就全知道，如同主知道我一样（林前 13：12）。

[2] 露珠（dew）常暗指睡眠，参见莎剧《凯撒大帝》：享受安眠的沉沉甜露吧，再没有形象或幻想来烦扰你的头脑（Caes.II.1.230—232）；又见弥尔顿《失乐园》：及时的睡露带着昏沉的微重落在我们的眼睑（PL. IV.614—616）；另，dew 音近拉丁语系的 deus、dieu、dio（神、上帝）。

知晓。

它是一页纸，他已在伤心手册中翻到了。

那些黑色赋格曲正弹弄着黑色的色黑……

粗硕的琴弦支吾着最后的喉音。

他可不是躺在那里怀念蓝鹊，鹊儿说。

他伤悲的是他的妈妈要吃掉他、他本人以及他的所见，

在那遥远的房间，有一个大胡子女王，在她的舷窗里肆虐。①

---

① 舷窗（dead light），也可理解为：死光、死的轻、截止日期（dead line）。

致罗马的一位老哲人 ①

在天堂的门槛，街头人物

成为天堂的人物，这庄严的运动中 ②

人们按着空间的距离渐渐缩小，

并吟唱着，以更小并越来越小的声音，

难以知解的赦免经以及一个终结——

在这门槛，罗马，及其之上那个更慈悲的

罗马，两者在心智的构成上相似。

就仿佛借着人性的尊严

两条平行线合为一体，一种透视法，通过它

人们的分离既按尺寸也按着里程。

---

① 这首诗献给史蒂文斯的老师、西班牙裔美国哲学家、作家桑塔亚那
　（George Santayana，1863—1952），他晚年隐居于罗马的一家教会医院。
② 运动（movement），也可理解为：乐章。

多轻易啊翻飞的旗号变成了翅膀……①
事物隐黯在知觉的边际，
变成了财富的搭配，然而
那是属于精神的财富，它超出视力，
不在其范围，但也不太遥远，

在精神的最广大区域内的人性末端，
当着未知的限度面前的
已知的限度。报童的嘀咕
成为另一人的念叨；医药的
气味，一种不值得娇宠的芬芳……

床铺，书本，椅子，走动的修女，
避开视线的蜡烛，这些是
以罗马为形的幸福之源，
上古的诸形之循环中的一形，
而这些又位于另一种形体的阴影之下，

床铺和书本上的淆乱，椅子上的

---

① 旗号（banners），也可指报纸的大标题、示威游行的横幅标语等。翅膀
（wings），可能既指现实政治的右翼、左翼等，又指飞上天堂。

恶兆，修女们身上移动的透明，
蜡烛上的一道光正努力撕开灯芯
去接合一个高高翱翔的卓越，以逃出
火焰然后作为一个小小部分投入

那以火焰为象征者：可能的天国。
对着你的枕头说话吧，就当它是你本人。
成为演说家吧，只要有一条精确的舌
却无需雄辩，哦，半梦半醒，
怀着对这个房间表示纪念的怜悯，

我们才能觉察，在这被照亮的大之中，
有真真切切的小，因此我们每个人
通过你目睹了我们自己，并在你的声音里
听到自己的，你是大师又是可怜人，
一心扑在你的底层世界的粒子上，

你在那些不眠的深深处打盹，
在床铺的温暖中，在椅子边上，活着
但却是活在两个世界，不知悔改
于其一，同时，对另一个，又追悔莫及，
急不可耐地寻求你所需的那份宏大，

哪怕历尽苦难；然而只能得到它

于苦难之中，那废墟里的灵感，①

关于贫穷和死亡的深刻诗篇，

如同最后一滴最深红的血，

当它从心脏掉落然后摆在那里让人看，

正如一个帝国的血，它或许便是，

流自一位天堂公民的心，尽管他还身在罗马。

是贫困的言语从人群中把我们找出。

它比罗马最古老的言语更老。

这就是一幕戏中悲剧性的重音。

而你——是你将它讲述，却不需言语，

以最高尚的事物中最高尚的音节，

这位无懈可击的男子簇拥在

粗野的将领们中间，或如你所说，那赤裸的庄严②

————————

① 浪漫主义时期，很多大诗人如歌德、拜伦、雪莱等从古罗马废墟中获得灵感。

② 赤裸的庄严（naked majesty），没有外物装扮和描绘修饰的、无遮蔽的庄严本身，常用来描述神；"赤裸的神"（Deus nudus）本身光芒万丈，人眼无法接近，所以神要隔着某种面具、面纱的中介来让人看到，亦即"穿衣的神"（Deus vestitus）。

置身于鸟巢般的拱券和渗露雨迹的穹隆。

声响飘进殿堂。这些建筑被铭记。
这城市的生命从不放弃，你也不会
让它那样做。它是你房间里生命的部分。
它的一个个圆顶是你床铺的构造。
钟声将那些郑重的姓名不断地复述

在一个个合唱团和合唱团的声声齐唱中，
不肯让慈悲成为一场关于沉默的
神秘剧，不情愿让某一种感官独自
赋予你的慰藉会超过它们那些特有的和声
和久久嗡鸣不散的余响。

在尽头，它成为某种整体的宏大，
跟所有可见物一起放大，然而
却大不过一张床，一把椅和走动着的众修女，
最无际的剧院，和石柱围廊，①
你的琥珀色房间里的书本和蜡烛，

---

① 诗中将死者所在环境比作：世界舞台（莎剧《皆大欢喜》：世界是个大
舞台，男男女女都只是演员）、学术圣地（西哲史上所谓逍遥学派、斯
多葛学派的本义都与柱廊有关）、帝国宫殿（如沙俄的琥珀宫）。

一座总体的华厦上的总体的宏大，
由一位诸建构的裁判者选定
给他自己。他在这门槛停下来，
仿佛他对一切言辞的设计已经把形式
和结构从思想中提取并付诸了现实。

园地的空虚

三月……已经有人踩过了雪地，
有人在寻找他明知的什么也没有。

就像一条船在夜里
从海边拖走然后就不见了。

就像一把吉他被一个女人
搁在了桌面，又被遗忘。

就像一个人又再回来
看见某座房屋时的情感。

四面的风啊，吹透了木架的花棚，
穿过它的藤蔓的床褥。

取代了高山的一首诗

以下便是，逐字地，
取代了高山的一首诗。

他呼吸它的氧气，
哪怕书本已扑倒在他桌面的尘灰里。

这让他想起他曾怎样吷求
一个可按他自己的方向去抵达的地方，

他曾如何重组了松林，
更换岩石并在云雾中挑选他的路，

以求得一个恰当的视角，
他将在一种无从解释的完成中得以完成：

在那确切的磐石上他的不确切性

最终将发现他曾一路攀爬探求的美景,

在那里他可以躺下,俯望大海,
认出他的独一且独自的家。

两个例证说明世界正是你的所想

1. 对风的持续探究

冬日的天空显得如此逼仄，
脏兮兮的光线照着死沉沉的天地，
皱缩得像一根枯萎的树棍。

那不是云和冷的阴影，
而是对遥远太阳的一种感知——
是对他自身的一种感知的阴影，

这种知识对于实际的白日
是如此不足。唯有风
显得盛大嘹亮又高昂强劲。

而当他思想在风的
思想之中，却不知那思想

不是他的思想，从不属于谁，

他本人的那个相称的形象，①
如此得体，成了他自身，而他呼吸着
如他所是的另一种天性的呼吸，②

但唯有它的片刻的呼吸，
外在且超乎于肮脏的光线，
那光中绝不可能有灵气，③

这天性尚未具有一个形状，
除非他自身——也许，当他的自身
在一个礼拜天的猛烈的怠惰中。

2. 世界在夏季更为广阔

他留下半个肩膀半个脑袋
好让后世能将他辨认。

————————

① 相称（appropriate），拉丁词源本义：据为己有，亦即形象/映像取代了本身。
② 天性（nature），拉丁词源本义：出生，常用义：大自然。
③ 灵气（animal），拉丁词源本义：风、呼吸、生命、灵魂等，常用义：动物、兽类。

这些石像倒在草丛里风化，
当夏季结束，当变化不居的

夏季和太阳，生机勃勃的
夏季和太阳，远去之后。

他说过，万物都具有
让自身变形的力量，不然，

那就意味着，要被变形。
他发现了月亮的色彩

于一棵孤高的云杉，当时，
大树突然在空气中绚烂耀目，

满满的蓝从太阳倾泻到他身上，
一派斑斓的蓝，一片蓝的璀璨，①

———————

① 原文使用了一连串 b 头韵，表现 blue（蓝）的视听想象之美。另，诗中
所述景象很接近梵高晚期的一些夜景画，如《星夜》(1889)。

就像日光，带着时间的美化术，
像赏心悦目的夏季昂然高耸。

那位云杉大师，他本人，①
已经变形了。但他的杰作

只留下片段让人找寻，在草丛中，
在他的方案中，一如最后弘扬。

---

① 云杉（spruce），本义：普鲁士（Prussia），"云杉大师"可理解为：普鲁
士大师，比如歌德，擅用普蓝颜料的大师，比如梵高。

可能之事的序篇

1

有一种心智的安逸就像在海上独自泛舟，[①]

小船被推涌向前，阵阵波浪好似桨手们油亮的

脊背，

他们紧握划柄，仿佛对抵达目的地胸有成竹，

躬身推起桡杆然后绷直身体用力拉动，

随着他们整齐划一的动作桨板入水并闪耀。

这艘船用石块建造，它们已失去了分量不再沉重，

只余下一层光华，其来源非同寻常，

因而站在船头上俯身眺望前方的那个他

并不像某些航海者那样置身事外、超凡脱俗。

———————

① 参见华兹华斯的自传长诗《序曲》：童年的夏夜我偷偷解船出航，一次
秘密行动、烦恼的喜悦，初尝了冒险（I.361）。

　　他属于他的舰只那远渡重洋的航程并且是其一部分，

　　是它的船艏、它的象征、它的种种所是的烈火明
镜的一部分，

　　是它借以滑行在盐渍的水面的那琉璃般的舷侧的
一部分，

　　当他独自出航，像某人被一个无意义的音节引诱，

　　这音节，以一种指定的确实性，让他

　　感觉到它包含着他想要进入其中的意义，

　　当他进入之时，这意义便将粉碎船只并让桨手们
缄默

　　如同抵达一个中心点，一个瞬间的契机，或多
或少，

　　脱离了一切岸滨，一切男男女女，并再无所求。

2

　　隐喻激起了他的恐惧。他被拿来比拟的对象

　　超出他的认知。他由此得知他的相似物

　　仅仅只延伸了一点，而非超越，唯有他自身

　　和超出相似性的事物之间只存在这样那样要被认
识的意图，

　　这样或那样在种种假说的包围里

让人们在夏日的朦胧睡意中加以思索。

例如，他所包含的什么自我还未曾解放，
趁他注意力分散时在他身体里为新发现而嚎叫，
仿佛他所有世代相传的光明都猛然间提亮，
在一片爆发的色彩，一种全新的未观察过的细微
抖颤中，
连最小的灯也加入了它强大的扑闪，对此他予以
命名并赐予高过他的日常琐事的特权——

一个对真实之物以及其词汇有所添加的扑闪，
就像进入了北方树林的某种最初事物
也添加到南方树林的词汇总表，
就像最早的那一道单单的光在黎明的空中，在
春天，
通过添加它自己从虚无中创造着一个新鲜的
宇宙，
就像一眼或一触揭露它那出乎意料的宏大。

眺望原野看鸟群飞起

除了那些更为恼人的小念头，

当洪堡先生一路返回康科德老家，①

位于事物的边缘，他的念头是：

不要惦记那些草地，树林，云朵，

免得把它们变形为另外的事物，

这只是太阳每天的工作，

直到我们对自己说也许会有

一个能思的大自然，一个机械的

而且有点可憎的"操作物"，不同于 ②

---

① 洪堡（Homburg），德国地名、姓氏名，也常指当年流行的男式毡帽；
另，柏林洪堡大学（Humboldt-Universität zu Berlin）是德国近代哲学的
重要基地。康科德（Concord）是美国独立战争第一枪发生地，也是爱
默生、霍桑、梭罗、奥尔科特等人的驻所，超验主义圣地。

② 操作物（operandum）用于动物行为学研究的操控性条件反射实验，如
笼中的小白鼠按下一个按钮可获得食物，该按钮即为操作物。

人的幽灵，要更大但也有些相似，

没有他的文学也没有他的神明……

无疑我们的生活超出了空气中的自我，

在一种并不为我们预备的元素中，

我们为自己预备的好华美，太夸张，

这不是一件为意象或信仰而安排的东西，

不是我们向来编造的阳性神话之一，

而是一个有燕子在其中穿梭的透明体，

却毫无形式或任何形式之感，

我们所知在于我们所见，我们所感在于

我们所闻，而我们的所是，超出神秘家的论调，

在于那从天而降的大融合的一片喧腾，①

———————

① 大融合（integrations）是晚期史蒂文斯常用的一个概念，大概指种种所
见所闻所知所感等融合（或综合、整合）为一个和谐的整体，从客观事
物到主观感知最终都通过某种仪式性的沉思或冥想而达到合一、和谐的
高级形态。与中期史蒂文斯的"风琴"概念（harmonium，即和谐美妙
的组合体）相比，"大融合"更高，更大，是一架架风琴的融合，是一
整个的总体风琴。

至于我们的所思，一次如风的拂动，
一场运动的一个移动部分，一场发现的
一个发现部分，一场变化的一个变化部分，

颜色中的一股同时也是它的一部分。
这午后显然是一个源头，
太广阔，太虹彩，因而难以多于平静，

太近于思考因而难以少于思想，
最隐晦的母者，最隐晦的大父啊，
一个沉思中的日常至尊，

在它自有的静寂中来临又远去。
于是，我们思考，如同太阳照耀或者不照。
我们思考如同风掠过一片原野一方池塘

或者我们用斗篷盖上我们的言辞因为
那同样的风，飞扬又飞扬，发出的声响
就像冬季结束时的最后一段弱音。

一个新学者替代一个老的，反映了

这部幻想曲的一个瞬间。他寻求 ①

一个能够让他解释清楚的人。

灵魂来自于这世界的肉体，

兴许洪堡先生想到：世界的肉体的

迟钝法则造成了一种心智上的矫揉做作，②

大自然的独特风格被一面镜子捕捉

然后在那里成为一个灵魂的风格，

一面镜子里充满种种事物，能多远就去多远。③

---

① 幻想曲（fantasia），或集成曲，源自 phantasia、φαντασία，本义：表象、
　感知、印象、想象、幻影等。可把握的印象（φαντασία καταληπτική）
　是知识的重要基础，也是怀疑论的出发点。另参见拉丁语名言：
　Phantasia，non homo（全是幻影，不是真人）。
② 或可理解为：世界的迟钝法则硬装出一副有心智的样子。
③ 镜子（glass）参见柏拉图：摹仿轻而易举，拿一面镜子到处照照即可映
　出天地万物，但只是表象，艺术家只进行表象的创作，是不真实的、低
　等的（理想国.X.596）；莎士比亚：演戏的目的从古至今都是仿佛向自
　然举起一面镜子，褒美鄙丑（哈姆雷特.III.2.21—25）；以及雪莱：诗
　如镜，诗人使尚未领悟的灵感得以显现，如镜子把未来投于现时的巨相
　反映出来，词语能表现出诗人自己并不理解的意思（诗之辩护，1821）。
　也可理解为：玻璃、瓶子、透镜等。

固定调子的歌

鸽子说话咕噜咕噜，
像真正的忧伤救主，①
怀着真正的爱和忧伤，
并鞠躬、鞠躬，
向这个清晨。

她栖在屋顶上，
润湿着翅膀和哀伤
当她在那里咕噜，
轻柔地鸣响在一颗颗太阳
和他们的寻常闪耀当中，

第五个太阳，第六个太阳，
他们的寻常性，

---

① 基督教将救世主耶稣称为"忧伤之子"(man of sorrows，赛 53：3)。

以及第七个的寻常性，
她都予以接纳，
就像一个固定的天堂，

不会随时变化……
白天的不可见的创始者，
爱和真正忧伤的救主，
栖上屋顶
并在她的身上造就甚多。

沉思中的世界

我花很多时间练小提琴，以及旅行。但音乐
家的基本训练——沉思——从未中断……我活在
一个永久的梦中，白天黑夜从不停止。

——乔治·埃内斯库 ①

从东方前来的那位可是尤利西斯， ②
那个没完没了的冒险家？树林已修饬。
严冬被洗刷干净。某人正移动

在地平线上，渐渐托起他自己的身影。
一团火的形状映上珀涅罗珀的粗花布，

---

① 引语原文为法语。乔治·埃内斯库（Georges Enesco, 1881—1955），罗
马尼亚音乐家、小提琴家。

② 在荷马史诗中，尤利西斯（奥德修斯）在外征战 10 年、漂泊 10 年，传
闻已死，很多男人来向他的妻子珀涅罗珀求婚，她曾以改嫁前必须为死
去的公公织完一幅裹尸布为借口进行拖延，白天织、晚上拆，终于等到
尤利西斯回归。

它野性十足的驾临唤醒了她所栖居的世界。

这些年，她已经安顿了一个自我来将他迎候，①
正和他为她预备的自我成双成对，尽如她的想象，
两人都藏在深深的庇护中，朋友和亲爱的朋友。

树林已得到修饬，就像基本训练，
在一种非人的沉思中，比她原来那个更大。
没有风会像狗一样在夜里守护她。②

她不想要他不能独自给她带来的任何东西。
她不想要迷人珠宝。他的臂膀就是她的项链
和她的腰带，他们欲求的最大财富。

但那是尤利西斯吗？或者只是温暖的阳光照在
她的枕上？这想法在她体内跳动不停，跟她的心
一样。
他们两个在一块不停地跳动着。只是天亮了。

---

① 安顿（composed）也可理解为：拼缀、编排、创作；她已经编排了一个
望夫归来的自我，并想象了一个丈夫。
② 尤利西斯曾得到风神的款待，获赠风囊，可惜船员搞砸了。尤利西斯回
归的时候，他的狗还认识他。

那是尤利西斯，但又不是。然而他们已经重合，
朋友和亲爱的朋友以及整颗星球的鼓舞。
这野蛮的力在她的体内决不会减弱。

她会在梳头的时候轻轻告诉自己，
重复他的名字，以它那坚忍的音节，
决不要忘了他每时每刻都在走近身旁。

冗长拖沓的诗行

并没有什么区别，当一个人远远超过
七十岁，不管往哪儿看，都是以前见过的。

柴烟从林中升起，被捉进一股上行的
气流然后盘旋而去。但它通常都是如此。

树林的模样好像它们都有个悲哀的名字
并一遍一遍重复说着同样的，同样的东西，

以某种喧嚷，因为有一个对立面，一个矛盾，
已激怒了它们并促使它们想把它驳倒。

什么对立面？难道是那块黄色补丁，在房子的
一侧，让人觉得这房子在哈哈笑么；

或是这些——初起——初成的预演角色：首飞，

悲剧帷幔之中的一个滑稽公主，①

连翘的稚气，信念的片段，
那光秃的木兰的幽影和构造？

……浪游者啊，这便是二月的史前史。
一首诗的生命在心智中尚未开启。

你尚未出生在树林结晶的时候
此刻你也未曾，在这沉睡深处的醒觉里边。

---

① 公主（infanta），本义：婴儿、稚嫩。

一段平静的正常生活

当他坐下来思考，他的位置便不在于
他所构建的任何事物，如此纤弱，
如此缺乏照明，如此的荫蔽和空虚，

就如同，在某个世界里，他成为
一个居民，就像雪花，顺服
于寒冷区的那些堂皇观念。

就在这里。这就是年岁的发生
场景和时间。这里，在他的屋里他的房中，
在他的椅子上，最安宁的思想日益憔悴 ①

而最年老最火热的心被切割
于黑夜区的那些堂皇观念——

① 日益憔悴（grew peaked）也可理解为：渐上巅峰。

两者都孤独难眠，高过蟋蟀们的和鸣，

咿咿呀呀，一个个唱着它声音的独一性。
在超验形式上并没有怒火。①
但他那实际的蜡烛闪耀着技艺。②

---

① 怒火（fury）又指希腊神话中头生蛇发、背长双翅的复仇女神，参见锡
德尼《诗辩》：唯有诗人藐视事物羁绊，从另一个自然中创造出比自然
之物更好或更新的，自然界并不存在的形式，如英雄、半神、独眼巨
人、吐火兽、复仇女神。而超验形式（transcendent forms），即柏拉图哲
学的"理式"（ideae），以及种种堂皇观念（gallant notions），其中没有
怒火。
② 参见法语 feu d'artifice：巧计之火，亦即烟花。

内心情人的终场独白

点亮黄昏的第一道光，就像有个房间
让我们歇下来，没什么理由地，并相信
那想象的世界便是终极至善。

所以说，这是最深情的约会。
正是按这种思路我们才集中精力，
抛开所有的漠不关心，进入一件事物：

就在这唯一的事物中，一条唯一的披肩
紧紧包裹着我们，因为我们贫穷，一丝暖，
一线光，一股劲，都有着神奇的力量。①

此时，此地，我们忘掉了彼此以及自身。

———————

① 参见史蒂文斯《箴言集》（*Adagia*）：诗歌是世界的贫困、变易、奸邪和
死亡的一种净化，在生命的无可救药的贫困中它是一种现行的完美化，
是一种补足。

我们感觉到某种隐晦，来自一种秩序，一种
整体，

一种知识，正是它安排了这次约会，

在它的生死界限之内，在心智中。
我们说上帝与这想象是一体……①
崇高啊，那最高的烛台照亮了黑暗。②

用这同一道光，用心智中枢，
我们建起一个居所在傍晚的空中，
在那里能待在一块就足够了。

---

① 参见史蒂文斯《箴言集》：上帝与想象是一体，被想象的事物是想象者，
　亦即被想象的事物与想象者是一体，因此，想象者是上帝。
② 参见柏拉图《理想国》：（大意）至善的理式照亮真理使心灵能认识它，
　如太阳照耀事物使眼睛能看见（VI.508a—d）。另参见莎剧《威尼斯商
　人》：多么遥远这小小的蜡烛投射它的光芒，一件善行也是如此在罪恶
　的世界大放光明（Merch.V.1.90—91）。

磐　石

1. 七十年后

这是一个幻觉，我们都还活着，
住在妈妈的老宅，按我们自己的运动
把自身安顿于一种空气的自由。

看看那七十年前的自由吧。
它不再是空气了。老宅仍屹立，
尽管它们已僵硬于僵硬的空虚。

就连我们的影子，它们的影子，也不再存留。
这些曾在记忆中生活的生命已走到尽头。
它们从来没有……那吉他的声响

不曾有也不再有。荒谬啊。说过的话语
不曾有也不再有。这叫人如何相信。

_324

中午在球场边的相会看来就像是

一场发明，两个没救了的蠢货
却怀着奇异的感觉互相拥抱，
按某种关于人性的古怪主张：

两者之间提出了一个定理——
这两个形象具有太阳的性质，
按太阳对它自身幸福的设计，

仿佛虚无中包含了一项技能，
一个至要的假设，一个永久严寒中的
非永久，一个令人想往的幻觉，

绿叶生发并覆盖了高处的磐石，
丁香萌芽并盛开，像一双洗净了的眚目，
欢呼着明亮的视野，当它心满意足，

于视力的新生中。鲜花盛开和麝鹿喷香
都是勃勃生机，一种无间断的勃勃生机，
一种存在的个例，在那笼统的宇宙。

2. 作为画像的诗

用树叶覆盖了磐石还不够。
我们必须治疗它，用土地的灵药
或我们自身的灵药，它等同于土地的

灵药，一种超越健忘的治疗。
然而那些树叶，如果它们冒出蓓蕾，
如果它们开出花朵，如果它们挂满果实，

并且如果我们能吃下它们那些新鲜采摘的
初生的颜料，也许便是一种土地的灵药。
树叶的虚构是一个画像，

一首诗的画像，至福的图形，
而那画像就是人。春的珍珠串，
夏的盛大花环，时间的秋季发带，

它对太阳的摹本，这些覆盖着磐石。
这些树叶就是诗，是那画像是那人。
这些就是土地的灵药以及我们的灵药，

这也意味着此外再没有别的了。
它们发芽开花并结出果实毫无变化。[①]
它们更多过那些覆盖着贫瘠磐石的树叶。

它们萌出那最白的芽眼，最暗淡的幼苗，
官能生成过程中的那些新官能，
要去到远方尽头的那种渴望，

振奋了的身体和扎根的心智。
它们开花就像人在恋爱，就像他活在爱之中。
它们结出果实好让年月令人得知，

仿佛它的理解是棕色的表皮，
它果肉中的蜜，那最终的发现，
年月的丰富和世界的丰富。

以这种丰富，诗歌造就了磐石的意蕴，
那么繁复的变化和那么多意象

---

① 毫无变化（without change），可能指没有发生变形（transform、Metamorphoses），
也没有发生修辞学的转义（trope）。

在把它的贫瘠化成千种事物

而随后便不再存在。这就是灵药，
树叶的，大地的，以及我们自己的。
他的话语既是那画像又是那人。

3. 磐石在夜歌中的形式[①]

磐石是人的生命中的灰色个例，[②]
是他所从站起的石头，一上一下，
是他的血统沦入更凄冷深渊的阶梯……

磐石是空气的严峻个例，[③]
行星们的镜子，一个接一个，[④]
但通过人的眼睛，它们的沉默诵唱师，[⑤]

[①]　形式（forms）也可理解为：理式（ideae，柏拉图哲学概念）。
[②]　参见华兹华斯诗《劝诫与答复》(Expostulation and Reply)，大意：你为何在那古老的灰石头上独坐半日，仿佛你是大地母亲的头生子。
[③]　参见华兹华斯诗《漫游》(*Excursion*)：这些贫瘠岩石，你的严峻遗产（743）。另，严峻（stern），德语同形词意为：星星，连结上下文。
[④]　行星（planets）源自希腊文 πλάνης，本义：浪游者。
[⑤]　诵唱师（rhapsodist）是古希腊史诗的职业表演者，吟游诗人，他们游历各城邦，在节庆赛会上一个接一个出场，比拼诗艺。

青碧的磐石，在傍晚的丑恶光线中
泛着一种紧紧粘在噩梦里的红晕；
那半升起的白日的艰难正义。

磐石是那总体者的居所，
它的力量和尺寸，与其相去不远，A点
按某种透视又再次始于

B点：芒果外皮的起源。
正是这磐石让宁静必须引证
它宁静的自我，事物的主体，心智，

人类的起始点以及终结，
其中连空间本身也被包含，是大门
之于围墙，白日，以及被白日

照亮的事物，夜晚以及夜晚所照亮的，
夜晚以及它的午夜里开铸的芬芳，
磐石的夜之赞歌，如在生动的沉睡中。

远观圣军火教堂 ①

圣军火堂曾经是一个无比的成就。
它傲然拔起，巍然矗立；如今倒在
它的墓园，在圣军火堂的教区，
一劳永逸地固定在老鹳草色的白昼里。

遗留物散发着石膏的异样气味，
干草的封贮气味。一棵盐肤木生长 ②
在祭坛上，向着光生长，在内部。
在一个个空洞里回声缺缺漏漏……

它的礼拜堂起于埋尸之所，
一颗是的余火藏在它否否的灰烬之中，

---

① 圣军火教堂（St. Armorer's Church）指哈特福德的好牧人教堂（Church of the Good Shepherd），由军火商柯尔特家族捐建，雕刻有枪械图案。
② 盐肤木（sumac），本义：红色，因果实红艳而得名，侵染在大理石上难以清除。

他的自我：一座有呼吸的礼拜堂，一个外观，
在无意义之中构成一个意义的表征，

没有死焰的辐照，但某些东西仍可见
于玄秘之眼，不是生命的表征而是生命，
它本身，那明白易懂之物的在场，
其中被创造为它的象征。

它仿佛一本新的账册把所有的旧事物记载，
旺斯的马蒂斯教堂以及比那还要多得多的东西，①
比如，一个全新色彩的太阳，马上就会变形
并把那些幻觉覆盖到每一张叶片。

礼拜堂拔起，他的自我，他的周期，②
一种文明成形于外在的空白，
一个神圣音节起于生渗的硬劫，
第一辆开出隧道的汽车驶入

---

① "野兽派"艺术家马蒂斯（Henri Matisse，1869—1954）晚年在法国南部
　海滨小城旺斯（Vence）为修女院设计了一座艺术化的小教堂。这首诗
　中使用了很多法语词。
② 周期（period），也可理解为：句号、结束。

果实红彤彤的大地，去实现

而不仅是欲求，销售，并交易那些

压榨之物，农民世界里的坚强农民们，①

他们的意喻是一种最终的严肃性——

而他的最终，认可了这类散文，②

时间给予的种种圆满似乎都不太符合

每个世代想成为自己的那种需要，

成为真实以及如其所是的需要。

圣军火堂完全无干于这个现时，

这种"鲜活"，这种令人眼花缭乱的新

以及新生，唯有那礼拜堂伸展着

它的穹拱，在它的生动元素中，

在那元素的更新之空气中，

在一种鲜、净、绿、蓝的空气中，

那里的一切总在开始，因为它就是

总在开始的一部分，一遍又一遍。

---

① 盐肤木的鲜红果实可榨出酸汁，用作调味品、香料等。
② 散文（prose），本义：直接说。

这礼拜堂在圣军火堂的围墙之下，

矗立在一种光里，它的自然之光和白日，

它的健康和他的自我的源泉和供养。

在那里他走着做着，一如他活着爱着。

月光札记

这一大片月光，在色彩单纯的夜晚，
像一位朴素诗人的头脑里旋绕着①
他那多样宇宙的单一性，
它朗照在事物的纯粹客观之上。

仿佛存在就是要给人观察，②
仿佛，在为某人所见的
所有可能目的之中，最先出现的目的，
最表面的，就是要被人看见的目的，

就是月亮的特性，仿佛它唤起这一切。
它要揭示那本质性的此在，比如，③

---

① 朴素诗人（plain poet），参见席勒《素朴的诗和感伤的诗》(*Über naive und sentimentalische Dichtung*，1800)。

② 参见英国经验主义哲学家乔治·伯克利（George Berkeley，1685—1753）名言：对于物质的客体而言，存在就是被感知。

③ 本质性的此在（the essential presence），比如，基督教宣称人类身上有全在遍在的圣灵在工作，如内在的光。

对一座高山予以扩展和提升直至近乎

达到一种意识，一个更小的对象；抑或 ①

要揭示在那路旁等候的形象中

有一个更大的对象，一个未确定的形式 ②

在枪手和情人的无精打采之间，

一个暗中的姿势，让人觉得有一阵恐惧

在夜色的宏大远景中，采取这种形式，

在那些恍如土星一般的轮轴里。③

所以说，这温暖、宽广、无风无雨的静谧 ④

活跃着一种力量，一种固有的生命，⑤

---

① 月光以两种方式揭示对象的本质，其一是从感官经验的各个实存事物中可以推导、归纳出一个共相的概念，山的本质小于某座山，属于简化 / 还原论。

② 另一种揭示方式是，个别现象不能独立解释，只能作为一个部分放进更大的、作为世界的有机整体或复杂系统中进行考虑，旅客的本质大于个别路人，属于总体 / 整全论。

③ 轮轴（arbors），在诗中指土星环，也可理解为：树林、花棚等。土星在西方占星术上表示忧郁、寒冷、干旱、老年等，土星环意味着限定、极限、界限。

④ 原文为三个 w 头韵，表现月光如水，或羊水。另，中国传统星相学把土星作为"土"元素的代表，坐镇中央，具有温暖、湿润、宽厚、中和、平衡等性质，也与诗中所述接近。

⑤ 按西方一般观念，人和万物的生命都要有来源要有依赖，神明才拥有固有的生命，并能够创造其他生命和起死回生。参见《新约》：死人要听见神儿子的声音，听见的人就要活了。因为父怎样在自己有生命，就赐给他儿子也照样在自己有生命（约 5：25—26）。

哪怕有事物的纯客观性，

就像山帽云笼罩在镜子的一角，^①

朴素诗人的头脑中一次颜色的变动，

夜晚和沉寂被一种内在的声响扰乱，

这一大片月光，多样的宇宙，意图强烈地

就是要被人看见——有一个目的，空洞，

也许吧，荒唐，也许吧，但至少有一个目的，

确实的而且更新鲜的。啊！确实，肯定……

---

① 1610 年，伽利略第一次通过望远镜观测到土星环，但他以为是土星的
卫星，或者"耳朵"，直到 1655 年，惠更斯用更精良的望远镜确定了土
星环的存在。

桌面上的行星

爱丽儿很高兴写完了他的诗集。①
它们写的是一段难忘的时光
或者他一见到就喜欢的那些事物。

太阳的其他造就
都是废物废柴
以及歪扭的老木块。

他的自我与太阳是一体的
而他的诗集，尽管是他自我的造就，
不用说也是太阳的造就。

它们是否流传并不重要。

---

① 爱丽儿（Ariel）是莎剧《暴风雨》中的一个精灵，善作诗和歌唱。雪莱
曾把爱丽儿比作吉他手／诗人自己（With a Guitar, To Jane）。英国法伯
出版社有一套现代诗歌丛书名为"爱丽儿"，由 T.S. 艾略特主编。

要紧的是它们应具备
某种脸型或者性格，

某种丰富，但愿有人略知一二，
在它们的词语的贫乏中，
在它们作为其部分的这行星的贫乏中。

康涅狄格的万河之河

有一条澎湃的河在冥河的此岸
在你到达第一道黑色洪流
和缺乏树木之灵的树林之前。

在那河中，远离冥河此岸，
就连水的流动也是一种欢乐，
在阳光里闪烁着闪烁着。在它两旁，

没有阴影在行走。这条河是宿命的，
跟后者一样。但这里没有人摆渡。①
他无法拗过它那滚滚向前的伟力。

它也从不在那些将它讲述的表象之下
为人所见。法明顿的尖塔

---

① 古希腊传说的冥河有船夫卡戎（Charon）为亡魂摆渡。

在波光中屹立而哈达姆闪耀着摇曳着。①

它是与阳光和空气并列的第三个公共物产，
一条通道，一种活力，一个当地的抽象……
呼唤它，再一次，一条河，一条无名的水流，

被空间充满，映照着四季，每一种知觉的
民间学说；呼唤它吧，一遍一遍，
一条从不流向他方的河，就像大海。

———————

① 康涅狄格河从法明顿经哈特福德（史蒂文斯家）流过哈达姆。

不是关于事物的理念而是事物本身

在冬季才刚结束的时候，
三月，屋外传来一声干涩的啼鸣
仿佛是来自他内心的声音。

他相信他听见了，
一声鸟鸣，在拂晓或更早，
在三月初的风里。

太阳六点钟升起，
不再是雪地上一顶皱巴巴的羽冠……
它应该已照在屋外了。

这声音不是来自睡梦中褪色的
纸模型里无边的腹语术……
太阳从屋外照进来。

那一声干涩的鸣叫——它是
以高音 C 称雄于合唱团的一位歌手。
它是那盛大的朝阳之一部分，

被合唱队簇拥着，
甚至还更广。它就像
一种对于现实的新的认知。

晚　期　诗

（1950—1955）

一个特例的过程

今天，树叶在叫喊，当它们悬在枝头被风吹打，

虽然严冬的虚无已开始一点点减少。

到处还都是冰冷的阴影和怪状的积雪。

树叶叫喊……你只能待在一旁听听而已。

这是忙碌的叫喊，跟别的人有关。

尽管你可以说，你是这一切的一部分，

哪里有矛盾，哪里就包含着反抗；

而作为一部分却是一场力竭的发奋：①

你感受到的生命便赋予了生命之所是。②

---

① 力竭的发奋（an exertion that declines），因为人的主体实际上不是此刻的客观事物的一部分，但硬要融入对象、想成为一个整体，所以这种一厢情愿的努力注定要落空。也可理解为：屈尊（运用高级人智去思考低级琐事）、谢绝（只固守自我之见而不体察外物）。
② 放弃理性思考和人的优越感，直接去感受那些非人性的事物，或可把握到生命的忠实的本质。

树叶叫喊。这不是祈求上苍垂注的叫喊，
不是英雄们云山雾罩的吹嘘，不是人类的叫喊。
这是树叶的叫喊，从不超越它们自身，

没有幻想曲登场，没有什么意义更多过
那耳朵的终究的听闻，只有事物
本身，说到底，这叫喊跟任何人都无关。

一个在他自己的生命中熟睡的孩子

在你认识的那些老人当中，
有一个无名者在担忧
其余的人，以笨重的思维。

他们什么也不是，除非进入
这一个人的心智世界。他从外部
关注他们并在内部了解他们，

像唯一的帝王统治着他们，
遥远，但又切近得足以
在今夜的床上唤醒你的心弦。

两封信

1. 来　信

即便一弯新月早已出现
在诸天的每一朵云端，
用晶莹的月光把傍晚浸透，

有人还想要更多更多更多——
某种可以让人返回的真实内心，
一座与自我相对的家，一个暗处，

一份悠闲让人可以享受片刻生活，
片刻的生活之爱和幸运，
免于其余一切，尤其免于思考。

就像点着一支蜡烛，
就像趴在桌上，眯着眼睛，

听着最渴望听到的故事，

仿佛我们又重新坐在一块，
其中一人在说话，而所有的人都相信
我们听到的话，而烛光，尽管很小，但已足够。

2. 回　信

她希望能有一个假日
跟某人说说她那甜美的乡音，

在树木的掩映中……
掩映，树木……以及两个说话的人，

以保密的语言
敞开在一个保密的处所，

不一定与爱情有关。
在那一天，土地要把她抱进怀里，

或某种与土地相似的东西。

圆环将闭合，不再中断。

遥遥万里的距离
将走到尽头。一切都汇合重聚。

现实是最崇高想象力的一个活动 [①]

上周五，在上周五晚的大灯里，
我们开夜车，从康沃尔回哈特福德。 [②]

这不是一家玻璃工坊的夜班开炉，在维也纳
或威尼斯，静止中，收集着时间和尘灰。

这嘎吱往复的旅途中有一种力的碾压，
在西去的夜明星前方的天空下，

活跃的光华，一片璀璨剔透的脉络，
事物浮现然后移动然后又被消溶，

要么在远处变换，要么不变，

———————————

① 崇高（August），同形词意为：八月。
② 康沃尔镇（Cornwall）距哈特福德约 1 小时车程。史蒂文斯不会开车。

夏夜的魔法显而易见,

一个银色的抽象渐渐成型
但突然又把自己给否决。

固体会有一种非固态的翻涌。
夜的月光之湖既非水亦非空气。

橡树林下的单人牌戏 ①

坐忘于张张纸牌，

一个人存在于纯粹原理当中。

无论纸牌抑或树林或空气都不再

如事实般长存。这是一种逃避， ②

逃向原理，逃向沉思。 ③

一个人最终明了该思考什么

然后抛开意识去思考， ④

在橡树林下，完全地解脱。

———————

① 单人牌戏（solitaire），如蜘蛛纸牌、接龙等，也有独居者、隐士的意思。
② 事实（facts），本义：行动、作为。耽于主观游戏，物我两忘，不能有
所作为，不构成事实，这是对现实的一种逃避。
③ 原理（principium），本义：起初、基础，参见《新约》：太初有道（约
1：1）。沉思（meditation）在基督教修行中指默想一段经文但不妄加分
析解释，而是敞开心灵，等待圣灵感悟，照亮神的道（逻各斯）。诗中
也可能指笛卡尔的《哲学原理》《第一哲学沉思录》。
④ 抛 开 意 识（without consciousness） 不 是 "无 意 识"、"无 知 觉"
（unconsciousness），而是抛开自我思想，去进行某种更直接的沟通。

当地对象

他知道他是一个没有家园的灵魂，
因此，按他的理解，当地对象就变得
比最宝贵的家乡的对象还要宝贵：

当地对象属于一个没有家园的世界，
没有记忆中的过去，现时的过去，
或在现时的期望中期望着的现时的未来；①

这些对象不会理所当然地出现
在诸天的阴暗面或在光明中，
那个宇宙只有少得可怜的对象本身。

根本不为他存在，但这少许事物

---

① 意即，这个世界没有过去未来，只有绝对的现在，时间被还原为不断的
瞬间，因为这是语言的、历时性的诗歌世界。

还总能联系到一个新奇的名字，仿佛
是他要造出它们，让它们远离死灭，①

这少许事物，洞察的对象，感觉的
大融合，仿佛这些事物自愿前来，
因为他所欲求却不知道究竟的是什么

构成了那些经典以及美的瞬间。
这些便是他一直在接近着的沉静，
当他走向一个高于浪漫的绝对家园。

---

① 语言即命名，仿佛他通过命名使瞬间的事物得以永存。

一日晴朗无忆

没有士兵在风景区，①
没有思想念及已经死去的人，
不像他们还在五十年前：
年轻并生活在一种鲜活的空气里，
年轻并行走在这阳光里，
穿着蓝衣服弯下腰去触碰什么东西——
今日的心境不是天气的一个部分。

今日的空气把一切都放晴。
它不具备知识却只有空虚，
它弥漫了我们却毫无意义，
仿佛此前我们谁也不曾到过这里
此刻也未曾出现：在这浅显的景象，
这无形的运动，这种感觉。

---

① 可能指这一日是阵亡将士纪念日（Memory Day）。

七月高山

我们生活在一片星群，

缝缝缀缀拼拼补补，

不是一个单一的世界，

不是凭着音乐，在钢琴上，

在演讲中，能说得动听的事情，

就像在诗集的一页——

思想者们对一个不断起始的宇宙

没有得出最终的想法，

一路，当我们攀上高山，

佛蒙特把自己捯饬成一块。①

————————

① 佛蒙特（Vermont），美国的一个州，本义：春山、绿山。诗学常用词
　"象征"（symbol）的希腊辞源 σύμβολον 本义即：投放在一块。

"一个神话反映着它的地域……"

一个神话反映着它的地域。在此地，
康涅狄格，我们从不曾生活在一个
神话能成真的时代——但倘若我们有过——
这就提出了形象之真实性的问题。
形象必须要具有它的创造者的生命力。
它是它的创造者的生命力的增长
和提升。在重又焕然一新的青春中，它就是他，
在来自他的地域的那些质料中，
在他森林里的树木和从他的田地刨出的
或从他的大山下开采的石头中，它就是他。

论纯然的存在

位于心灵末端的那棵棕榈，①
远过最后的思想，矗立
在青铜色的布景中。

一只金羽的鸟儿②
在棕榈歌唱，没有人类意义，
没有人类感觉，一首无干的歌。

于是你明白不是理性
使得我们快乐或不快乐。
鸟儿歌唱。它的羽毛闪光。

棕榈矗立在空间的边缘。
风在枝叶间慢慢移动。
鸟儿的火光灿灿的羽毛纷纷摇荡。

---

① 参见《粗野家园》一诗。
② 参见《蓝色吉他手》第 31 章：心灵中没有鸟儿的位置，它要紧抓着入睡。